눈물과 미소

A TEAR AND A SMILE
Kahlil Gibran

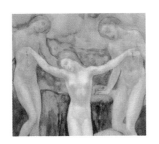

눈물과 미소

칼릴 지브란 시 · 그림

김승희 옮김

문예출판사

M. E. H.에게

내 인생의 폭풍우 속 첫 번째 숨결인 이 책을
미풍을 사랑하면서 폭풍과 함께 거닐었던
그 고귀한 영혼에게 바친다.

칼릴 지브란

차 례

칼릴 지브란(1913)

Kahlil Gibran

눈물과 미소
A Tear and a Smile

내 가슴의 슬픔을 저 많은 사람의 기쁨과 바꾸지 않으리라. 그리고 내 몸 구석구석에서 흐르는 슬픔이 웃음으로 바뀌는 것이라면 그런 눈물 또한 흘리지 않으리라. 나는 나의 인생이 눈물과 미소를 갖기를 바라네.

눈물은 내 가슴을 씻어주고 인생의 비밀과 감추어진 것들을 이해하게 하네. 미소는 나를 내 종족의 아들들에게 가까이 이끌어주며, 또한 신들에게 바치는 찬미의 상징이기도 하네.

눈물은 나를 저 부서진 가슴의 사람들에게 묶어주고, 미소는 살아 있는 내 기쁨의 표적이 되기도 한다네.

지쳐서 절망적으로 사는 것보다는 열망과 동경 속에서 죽기를 바라네.

내 영혼 깊은 곳에 사랑과 아름다움에 대한 굶주림이 존재하기를 바라네. 왜냐하면 만족하고 있는 사람이야말로 가장 비참한 사람이라는 것을 보았으므로. 열망과 동경을 가진 사람들이 한숨 쉬는 소리를 들었는데 그 소리는 세상에서 가장 달콤한 음악보다도 더욱 달콤했다네.

저녁이 다가오면 꽃은 자기의 그리움을 포옹하면서 자신의 꽃잎을 접어 잠든다. 아침이 다가오면 그녀는 입술을 열어 태양의 입맞춤과 만난다.

한 송이 꽃의 삶이란 그리움과 충족, 그리고 눈물과 미소.

바다의 물은 수증기가 되어 하늘로 올라가 함께 모여 구름이 된다.

그리고 구름은 언덕과 계곡 위를 헤매어다니다가 부드러운 바람을 만나면 눈물을 흘리며 들판 위로 떨어져서 시냇물과 자기들의 고향인 바다로 돌아가는 강물과 합류한다.

구름의 생애란 작별과 만남, 그리고 눈물과 미소.

이처럼 영혼은 더욱더 위대한 영혼에서 분리되어 나와 물질의 세계로 움죽여 들어가 슬픔의 산과 기쁨의 평원 위를 구름처럼 떠돌다가 죽음의 바람과 만나 자기가 태어난 곳으로 되돌아가게 된다.

사랑과 아름다움의 대양으로 — 신에게로.

사랑의 생애
The Life of Love

봄

오라, 사랑하는 이여, 이 작은 언덕 사이를 거닐어보자. 눈은 녹고 삶은 긴 잠에서 깨어나 언덕과 계곡들 사이를 정처없이 배회하고 있으니.

오라, 우리, 아득한 저편의 들판으로 봄의 발자국을 따라가보자.

그대가 오면 우리는 함께 높은 산꼭대기로 올라가 저 아래 평원의 파도치는 녹색을 굽어보리라.

봄날의 새벽이 겨울밤이 감추었던 옷을 찾아 펼쳤다. 복숭아나무와 사과나무는 봄의 옷을 걸치고 권능의 밤을 맞은 신부처럼 단장했다.

포도 덩굴이 잠에서 깨어나자 덩굴손은 마치 연인들이 포옹하는 것처럼 휘감겨 뒤얽혔다.

시냇물은 휘달려 환희의 노래를 부르면서 바윗돌 사이로 뛰어 올랐다.

꽃들은 파도의 융기 위에서 뛰어 오르는 물거품처럼 대자연의 가슴에서 폭발하듯 활짝 꽃피었다.

오라, 내 사랑하는 이여, 나로 하여금 나르키소스의 잔에서 빗방울의 마지막 눈물을 마시게 하고, 우리의 영혼을 기쁨에 넘치는 새들의 노래로 가득히 채우자.

우리 함께 미풍의 향기로움을 마시며 보랏빛 제비꽃을 감춘 저 바위가에 앉아 사랑의 입맞춤을 주고받자.

여름

일어나라, 내 사랑이여, 들판으로 나가자, 추수의 날들이 오고 있으니 바야흐로 거두어들일 때가 가까워진다.

곡식은 **대자연**을 향한 사랑의 따스함 속에서 태양빛에 익고 있다. 우리가 노력해서 키운 과일들을 새들이 가로채기 전에, 개미들이 우리의 땅을 먹어 치우기 전에 오라.

오라, 그리하여 영혼이 우리의 가슴 깊은 곳에 만족의 씨 앗을 뿌린 뒤 행복의 낟알들을 거두어들이는 것처럼 우리 대지의 농작물들을 거두어 저장하자.

그리하여 우리의 창고를 대자연의 하사품으로 가득 채우자꾸나. 마치 삶이 우리 영혼의 곳간 속에 가득히 상여금을 채우는 것처럼.

오라, 내 친구여, 풀밭을 침대로 삼고 하늘을 우리의 이불로 하자. 우리의 머리를 부드러운 건초 베개 위에 눕히고, 일하여 지친 하루의 휴식을 그 위에서 찾으며 골짜기에서 흐르는 시냇물이 중얼거리는 음악 소리에 귀를 기울이자.

가을

포도원으로 나가자, 내 사랑이여, 포도를 으깨어 그 즙을 병에 담아 포도주를 저장하자. 마치 영혼이 세월의 지혜를 저장하는 것처럼.

과일을 모아 증류해 향기를 빼내자.

그런 다음 집으로 돌아가자, 여름이 끝날 즈음 숲의 잎사귀들이 시들어 노랗게 변하고 바람이 그 이파리들을 흩날려 비탄에 젖어 죽어가는 꽃들을 위한 장례의 수의로 만들고 있을 때.

오라, 새들이 그들의 날개 위에 정원의 즐거운 환호를 간직한 채 재스민 나무와 도금양 나무에 쓸쓸한 황폐함을 전해주며 마지막 눈물을 잔디 위에 뿌려버리고 바닷가로 도주하고 있을 때.

오라, 우리는 가자, 시냇물은 흐름을 멈추었고 샘은 기쁨의 눈물이 말라버려 더는 솟지 않는다. 그리고 작은 언덕들도 그들의 황홀한 옷을 벗어던졌으니.

오라, 사랑하는 사람아. **대자연**은 잠으로 뒤덮였으며 슬프고 희망 어린 곡조로 불면에 작별을 고하는구나.

겨울

내 가까이로 다가오라, 영혼의 동반자여. 가까이 끌어안아 차가운 숨결이 우리의 몸과 몸을 나누지 못하게 하자.

이 난로가에 나와 함께 앉으라. 불이야말로 겨울의 과일이므로.

나와 함께 시대의 일들에 대해 이야기하자. 나의 귀는 바람의 한숨 소리와 폭풍우의 비탄에 지쳤으므로.

문과 유리창을 단단히 잠그자. 분노에 찬 **대자연**의 얼굴은 우리의 영혼을 슬프게 만들고 마치 죽은 어머니처럼 앉아 백설 아래 묻힌 도시를 내려다보게 하며 내 가슴에서 피를 흘리게 하므로.

그런 다음 그대여, 등잔에 기름을 채우라. 벌써 희미해지고 있으니. 그리고 어둠이 그대 얼굴 위에 무엇을 적고 있는지 내가 볼 수 있도록 등잔을 그대 옆에 놓으라. 포도주 항아리를 이리 가져와 우리 함께 마시며 포도를 밟던 그 시절을 기억하자.

나에게 가까이 오라, 내 영혼의 연인이여, 불길은 죽어가고 재가 그것을 숨기고 있다.

등불은 희미해지고 암흑이 그것을 삼켜버렸으니 나를 포옹해다오.

우리의 눈동자는 세월의 포도주로 무겁구나.

잠으로 어두워진 그대 눈동자를 들어 나를 바라보아다오. 잠이 우리를 포용하기 전에 나를 껴안아다오. 그리고 입맞춤을 해다오, 눈이 내려 그대의 입맞춤만 빼놓고 모든 것을 장악하고 있으므로.

오, 사랑하는 사람이여, 잠의 바다는 얼마나 깊은가! 이런 밤 속에서…… 아침이란 얼마나 멀리 있는가!

죽은 자들의 도시에서
In the City of the Dead

어제 나는 도시의 아우성에서 몸을 피해 조용한 들판을 걸어 나가 대자연이 고르고 고른 의상을 빼어 입고 있는 산 위로 올라갔다. 그곳에 서서 나는 도시를 굽어보았다. 도시에 있는 높은 빌딩들과 훌륭한 저택들이 공장에서 뿜어내는 자욱한 매연 구름 아래 서 있었다. 나는 멀리에서 사람들이 일하는 모습을 관찰하며 앉아 있었는데, 바라보고 있노라니 그들이 고통스럽고 시련에 빠진 듯이 보였다. 나는 사람들이 수고하는 것을 마음속에서 잊어버리려고 애쓰며 신의 영광의 왕좌가 펼쳐진 들판 쪽으로 눈을 돌렸다. 그리고 들판의 한가운데에 죽은 자들을 매장하는 묘지가 있는 것을 보았다. 돌로 된 무덤들이 삼나무 숲으로 에워싸여 있었다.

그리하여 나는 그곳에서 삶의 도시와 죽음의 도시 사이에 앉아 있었던 것이다. 그곳에 앉아 나는 결코 끝나지 않을 한

쪽의 투쟁과 멈출 수 없는 움직임, 그리고 또 다른 한쪽을 지배하고 있는 고요함과 평화로움에 대해서 생각해보았다. 여기엔 희망과 절망과 사랑과 증오가 있고 빈곤과 부유함이 있으며 믿음과 불신이 있다. 그리고 저기엔 **대자연**이 뒤바꾸어놓은 흙 속의 흙과 또한 그 흙을 가지고 고요함 속에서 대자연이 창조해놓은 최초의 식물과 동물적 삶이 있다.

그리하여 그런 문제들을 곰곰이 생각해보고 있는 동안 사람들 한 무리가 슬픈 후렴이 대기를 가득 채우고 있는 음악에 발맞추어 걸어가고 있는 것이 눈길을 끌었다. 화려하고 성대한 행렬을 이루며 각양각색의 모습을 한 사람들이 걷고 있었다. 어떤 부유하고 유력한 인물의 장례식인 것 같았다. 죽은 자의 유족들 뒤엔 눈물을 흘리고 울부짖으며 온 세상을 절규와 비탄으로 가득 채우는 살아 있는 사람들이 따라가고 있었다.

그 행렬이 묘지에 닿았다. 사제들은 기도하며 향을 피웠고 악사들은 나팔을 불었다. 다른 사람들은 이야기를 나누면서 떠난 사람을 훌륭한 말로 찬미했다. 시인들은 갈고 다듬은 최상의 시구로 죽은 그를 애도했다. 이 모든 것을 하느라고 상당히 길고 지루한 시간이 흘러갔다. 잠시 후 군중은 조각

가가 석수쟁이와 겨루어 만들어놓은 비석 하나를 남기고 흩어져갔다. 비석 주위엔 예술적인 수법으로 교묘히 꾸며놓은 꽃들이 놓여 있었다. 그리하여 그 행렬은 멀리서 내가 생각에 잠겨 바라보는 동안 도시로 다시 돌아가고 있었다.

태양이 서쪽으로 기울자 바위들과 나무들의 그림자는 길어졌고, 대자연은 빛으로 된 자신의 옷들을 벗기 시작했다.

바로 그 순간 나는 나무로 된 관을 든 두 사람을 보게 되었다. 그들의 뒤엔 넝마처럼 찢어진 누더기 옷을 입은 한 여인이 젖먹이 아이를 데리고 걸어오고 있었다. 그녀의 옆엔 강아지 한 마리가 그녀를 바라보고 관을 바라보고 하면서 종종걸음을 치고 있었다. 그것은 어느 가난한 사람, 어느 초라한 사람의 장례 행렬이었다. 그의 아내가 비탄의 눈물을 흘리며 따르고 있었고 엄마의 울음 때문에 울음을 터뜨린 한 아이와 발자국 하나마다 고통과 슬픔이 고인 충직한 강아지 한 마리가 따르고 있을 뿐이었다.

그들은 묘지에 다가와 대리석 묘석들이 놓인 곳에서 멀리 떨어진 모퉁이에 파놓은 무덤 구덩이에 관을 내려놓았다. 그런 다음 그들은 침묵 속에서 돌아갔고 돌아가는 동안 강아지는 자기의 좋은 친구였던 그의 마지막 휴식처를 뒤돌아 바라보곤 했다. 그들이 숲을 지나 나의 시야에서 사라져버릴 때까지 강아지는 그렇게 뒤돌아보곤 했다.

그리고 나는 **살아 있는 사람들의 도시**를 바라보면서 마음속으로 중얼거렸다. "저 도시는 부유하고 권세 있는 사람들에게 속해 있다." 그리고 나는 **죽음의 도시**를 향해 말했다. "이 도시 역시 부유하고도 권세 있는 사람들에게 속해 있다. 오 **주님**이시여, 그렇다면 가난하고 약한 사람들의 집은 어디 있나이까?"

그렇게 말하고 나는 눈동자를 들어 구름을 바라보았다. 구름의 모서리는 저무는 해의 광선을 받아 황금빛으로 물들어 있었다. 그러자 내 속에서 한 목소리가 말했다.

"바로 저기에."

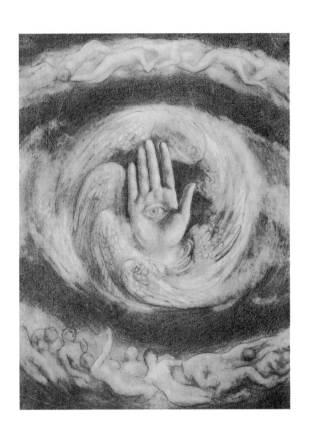

불의 글자
Letters of Fire

> 여기 물 위에 그 이름이 쓰인 한 사람이 누워 있도다.
> −존 키츠

수많은 밤이 우리 곁을 지나고

운명은 우리를 발아래 짓밟는 것인가?

그리하여 세월은 우리를 삼키고 기억하지 않으며, 단지 잉크 대신 물로 쓰인 이름만이 남는 것인가?

인생은 소멸하고

사랑은 사라지고

모든 희망은 꺼져버리는 것인가?

죽음은 우리가 지은 것들을 파괴하고

바람은 우리의 말들을 흩어버리며

어둠은 우리의 행적들을 숨겨버리는 것인가?

이것이 삶이란 말인가?

과거는 지나가버리고 아무 흔적조차 남기지 못하며

현재란 그 과거를 좇아가는 것인가?

또한 미래란 현재와 과거를 제외하고서는 아무 의미도 없

는, 그런 것인가?

우리 가슴속의 모든 기쁨과

우리 영혼을 슬프게 하는 모든 것은

우리가 그 열매를 알기도 전에 사라지는 것인가?

인간이란 바다의 얼굴 위에

한순간 깃들었다가 지나가는 바람에 날아가버리는

물거품 같은 것인가?

그것이 전부란 말인가?

아니다, 정말, 인생에는 인생의 진실이 있는 것.

인생이란 자궁 속에서 태어났다가

죽음으로 끝을 맺는 그런 것이 아니다.

영원 속의 한순간이 아니라면 이 세월들은 무엇인가?

이 땅 위의 삶과 그 속의 모든 것은

우리가 죽음과 공포라고 부르는 것은

단지 깨어남의 옆에 있는 꿈에 불과한 것.

그러나 우리가 보고 그 안에서 행하는 모든 것이 꿈일지라도

그 꿈은 신의 영속성을 가지고 계속되는 것.

대기는 우리의 가슴에서 일어나는

모든 미소와 한숨을 품고

사랑에서 우러나오는 모든 입맞춤의 소리를 모아둔다.

그리고 천사들은 슬픔으로 흘린

우리의 눈물을 세고 있으며

방황하는 영혼들의 귀에

우리의 감추어진 기쁨으로 만든 노래들을 가득 채우리라.

아득히 먼 날

우리는 심장의 고동 소리를 느낄 것이며

신과 같은 우리 모습의 의미를 이해하게 되리라.

그러나 지금은 항상 절망이 우리의 발치에 있어

공허만을 지닐 뿐.

오늘 우리가 약함이라고 부르는 죄지음은

내일이면 나타나리라,

인간의 존재 속에 켜진 횃불로서.

우리가 보답받지 못한 번민과 고생은

우리의 영광을 말하기 위해 우리 곁에 머무는 것.

우리가 견디는 고통이란

우리에게 명예의 왕관이 되는 것.

저 부드러운 시인 키츠가 자기의 노래들이 인간의 마음속에 아름다움의 사랑을 끊임없이 심고 있음을 알았다면 그는 분명 이렇게 말했으리라.

"나의 비석에 새겨주시오. '여기 불의 글자로 하늘의 얼굴 위에 자기 이름을 썼던 사람의 유해가 누워 있다'라고."

자비를 내리소서, 내 영혼이여

Have Mercy, my Soul

아직도 나는 내 약함을 느끼고 있는데

나의 영혼이여, 당신은 얼마나 더 비탄을 계속하렵니까?

언제까지 당신은 울부짖을 것입니까?

아직도 나는 인간의 언어밖에 아무것도 가지지 못했고

그것으로 당신의 꿈을 이야기할 뿐.

생각해봐요, 내 영혼이여,

내가 당신의 가르침에 귀 기울이며 얼마나 많은 날을 보냈

지를.

잘 보세요, 괴로움을 주는 분이여,

그대를 따르느라 내 육신이 얼마나 지치고 허약해졌는지를.

내 가슴은 군주였으나

이젠 당신의 노예가 되었고

나의 인내는 안락함을 주는 것이었으나

이젠 나의 형벌이 되었습니다.

나의 젊음은 친구 같은 것이었으나

오늘은 나의 비난자가 되었답니다.

이 모든 것은 신이 주는 것입니다.

당신은 무엇을 더 바라나요?

나는 내 자신을 부정하고

삶의 기쁨을 포기했습니다.

그리하여 내 영광스런 세월에서 비켜섰습니다.

이제 오직 당신을 제외하곤 나에겐 아무것도 남지 않았습니다.

심판해주세요, 이제, 공정하게,

공정함이란 당신의 광채이니,

아니면 죽음을 명해주세요, 당신의 감옥에서

나를 자유롭게 해주세요.

내 영혼이여, 자비를,

당신은 나에게 내가 운반할 수 없는

사랑이란 짐을 지우셨습니다.
그대와 사람은 힘 속에서 하나이지만
나와 내 육신은 약함으로 분리되어 있습니다.
강함과 약함 사이의 싸움이 영원할까요?

자비를 내리소서, 내 영혼이여,
당신은 나에게 저 멀리 행운을 보였습니다.
당신과 행운은 높은 산 위에 있으나
나와 불운은 깊은 골짜기에 있습니다.
그 높음과 낮음이 만날까요?

자비를 내리소서, 내 영혼이여,
당신은 나에게 아름다움을 보였고……
그다음 그것을 감추었습니다.
당신과 아름다움은 빛 속에 있으나
나와 무지는 어둠 속에 있습니다.
빛과 어둠이 합해질까요?

그대, 오 영혼이여, 내세가 오기도 전에

당신은 내세를 기뻐합니다.

이 육신은 아직도 삶 속에서

삶에 절망하고 있는데.

당신은 무한을 향해 서둘러 갑니다.

이 육신은 파괴를 향한 발걸음 속에서 비틀거리고 있는데.

당신은 머물지도 않으며 서둘지도 않습니다.

오, 영혼이여, 이것이 절망의 극치입니다.

당신은 하늘까지 높이 올려지고

이 몸은 지구의 당김으로 하강하며 떨어집니다.

당신은 그것을 위로하지도 않으며

또한 그것도 당신에게 "잘됐군"이란 말을 하지 않습니다.

이것은, 내 영혼이며, 증오입니다.

나의 영혼인 그대는 지혜로 부유하며

이 육신은 그것을 이해함에 있어 가난하답니다.

당신은 너그러움으로 타협하지 않고

또한 그것도 당신을 따르지 않습니다.

내 영혼이여, 이것이 불행의 총계입니다.

당신은 사랑하는 사람을 향해

고요한 밤 속을 거닙니다.

그리고 그의 포옹과 사랑을 기뻐합니다.

이 육신은 영원히

이별과 그리움의 학살 속에 남아 있습니다.

나에게 자비를 내리소서, 내 영혼이여.

지혜의 방문
A Visit from Wisdom

고요한 밤, 지혜의 여신이 와서 내 침대 옆에 섰다. 그녀는 마치 자비로운 어머니처럼 나를 바라보며 내 눈물을 닦아주고는 말했다.

"나는 그대 영혼의 울부짖음을 듣고 그 영혼을 위로하려고 왔노라. 가슴을 나에게 활짝 열라. 내가 빛으로 가득 채워주리라. 나에게 질문하라, 그러면 그대에게 진실의 방법을 보여주겠노라."

나는 말했다.

"지혜의 신이여, 나는 누구입니까? 그리고 어떻게 하여 나는 이 무서운 곳에 온 것입니까? 이토록 강력한 희망과 많은 책과 이상한 경향은 무엇입니까? 날아가는 비둘기처럼 스쳐지나가는 이 생각들은 무엇입니까? 욕망으로 작곡되고 기쁨으로 노래 불리는 이 언어들은 대체 무엇입니까? 내 영혼을 에워싸고 내 가슴을 봉합하는 이 음울하고도 기쁜 결론들은 무엇입니까? 나를 바라보면서 내 깊은 심연을 들여다보다가 내 슬픔에서 도망쳐버리는 저 눈동자들은 무엇입니까? 그리고 나의 세월을 슬퍼하며 나의 하찮음을 칭송하는 저 목소리들은 무엇입니까?

내 욕망과 유희하며 내 그리움들을 조롱하고, 어제의 행동들을 잊어버리고 순간의 사소한 것들을 기뻐하며 내일 다가올 것들을 멸시하는 이 젊음이란 무엇입니까? 나를 어디로 가는지 알지 못할 곳으로 이끌어가며 나를 얕보면서 내 곁에서 있는 이 세계는 무엇입니까? 육신들을 삼키려고 큰 입을 벌리고서 사악한 것들을 제 가슴 위에 살도록 하는 이 땅덩어리는 무엇입니까? 행운의 사랑으로 만족해하는 이 피조물은 무엇이며 그 결합 너머에 있는 함정은 대체 무엇인가요? 죽음은 인간을 때려눕히고 순간의 쾌락과 더불어 참회의 세월을 안겨주며 꿈이 그를 부르는 동안 잠 속에 빠뜨리는데, 누가 삶의 입맞춤을 찾고 있습니까? 어리석음의 강물을 타고 어둠의 바다로 흘러가는 사람은 무엇입니까? 오, 지혜여, 대체 이 모든 것은 무슨 만물의 법칙이란 말인가요?"

그러자 그녀가 대답했다.

"인간이여, 그대는 신의 눈을 통해 이 세계를 보는 것이 좋으리라. 그대는 인간의 사고방식으로 내세의 비밀들을 알고자 하지만 사실 이것은 어리석음의 극치일 뿐이노라.

야생의 장소로 가라. 그곳에서 그대는 꽃송이들 위로 날아다니는 꿀벌들과 먹이를 덮치는 독수리를 볼 것이다. 그대의 이웃집으로 가라. 거기에서 난로 불빛을 홀린 듯이 보고 있는 어린아이와 집안일을 하느라고 바쁜 어머니를 그대는 보게 되리라. 꿀벌처럼 살라. 그리고 독수리의 행동을 바라보느라고 그대의 봄날을 허비하지 마라. 어린아이처럼 되어라. 그리하여 그대 어머니의 하는 일에 신경 쓰지 말고 난로 불빛을 기뻐하라. 그대 눈동자로 바라보는 모든 것은 그대를 위해 있었고 그대를 위해 있는 것이니라.

많은 책과 이상한 양식(樣式)들, 아름다운 사상들은 그대가 이곳에 오기 전에 살았던 영혼들의 그림자이니라. 그대가 짜는 언어들은 그대와 그대 형제들 사이를 잇는 고리 같은 것. 음울하고도 기쁜 결론들은 미래에 의해 성숙될 영혼의 밭에 과거가 뿌린 씨앗들이다. 그대의 욕망과 유희하는 젊음은 빛 속으로 그대를 들여보내고자 그대 가슴의 문을 열어줄 사람인 것. 항상 열린 입을 가진 땅은 육체의 굴종에서 그대의 영혼을 구원해줄 구원자이니라. 그대와 함께 걷고 있는 이 세상은 그대의 가슴이며, 그대의 가슴은 그대가 저세상에 대해 생각하는 모든 것. 그대가 무지하고 미천하다고 생각하는 이 피조물은 슬픔을 통해 연민을 배우고 어둠의 길을 통해 지식을 얻고자 온 똑같은 것들이노라."

그리고 지혜의 여신은 나의 불타는 이마 위에 그녀의 손을 얹고 말했다.

"앞으로 가라, 머뭇거리지 말고 가라, 저 앞에는 완성이 있노라. 가라, 그리고 길 위의 가시덤불을 두려워하지 마라. 그들은 타락한 피만을 받아먹을 것이니……."

한 친구의 이야기
The Tale of a Friend

1

나는 인생의 길 위에서 길을 잃어버린 한 젊은이를 알고 있었다. 그는 젊은이다운 패기에 이끌려 욕망을 추구하며 죽음마저 유혹하는 그런 사람이었다. 나는 그를 관능적인 욕망의 불가해한 바다를 향해 불어가는 환상의 바람이 피어나게 한 부드러운 꽃으로 생각했다.

나는 그를 손가락으로 새들의 둥지를 찢어버리고 어린 새끼들을 죽이는 작은 마을의 잔인한 소년 정도로 생각했다. 그는 꽃들을 발 아래 짓밟아버리고 꽃들의 아름다움을 짓부숴버렸다. 나는 그를 학교 시절, 학문과 평화의 적들을 경멸하는 한 사춘기 소년으로 알고 있었다. 나는 그가 도시에서는 상실의 시장에서 아버지의 명예를 팔고 수치의 장소에서 부를 낭비하며 술에 마음을 굴복한 한 젊은이라는 것을 알고 있었다.

그래도 나는 그를 사랑했다. 아, 나는 슬픔과 연민으로 뒤얽힌 복합적인 마음으로 그를 사랑했다. 나는 그의 실수들이 작은 영혼의 열매가 아니라 약하고 절망적인 영혼의 행위였기에 그를 사랑했다.

오, 사람들이여, 영혼은 무의식적으로 지혜의 길을 피하지만 의식적으로 그곳으로 되돌아오는 것. 그리고 젊음 속엔 먼지와 모래를 몰아쳐오는 회오리바람이 있으며 그것은 눈을 감게 하며 눈을 멀게 하기도 한다.

나는 그 젊은이를 사랑했고 그를 따뜻한 사람이라 느꼈다. 나는 자신의 사악한 부분과 싸우고 있는 그의 양심의 비둘기를 보았기 때문이었다. 그리고 그 양심의 비둘기는 반대자의 힘에 패배하곤 했지만 그것은 비겁했기 때문은 아니었다. 그 양심은 정당하면서도 약한 심판관이었고, 약함이란 그 판단을 실행하는 데서 나타나는 법이다.

나는 그를 사랑했다고 말했다. 그러나 사랑은 많은 변장을 하고 온다. 때로 사랑은 지혜처럼 오고 다른 때는 정의로 오며 또 어떤 때는 희망으로 오기도 한다. 그에 대한 나의 사랑은 희망 같은 것으로, 태양의 강렬한 빛이 일시적인 슬픔의 어둠을 극복했으면 하는 것이었다. 그러나 나는 알지 못했다. 언제 어디에서 불결함이 깨끗해질지, 잔인함이 친절함이 될지, 무지가 지혜가 될지를. 인간이란 어떤 방법으로 영혼이 물질에서 자유로워지는지를 자유로워진 후에야 비로소 알게 된다. 아침이 온 뒤가 아니면 꽃이 어떻게 미소 짓는지 인간은 알지 못한다.

2

암흑의 뒤를 따라 세월은 흘러갔고, 나는 고통과 비통함으로 그 젊은이를 기억하면서 가슴을 찢는 한숨으로 그의 이름을 불러보았다. 그리고 어제 그에게서 편지 한 통이 왔다.

"나에게 와주오, 친구여, 나는 당신을 한 젊은이에게 데려가고 싶소. 그를 만나면 당신의 마음은 기뻐할 것이고, 당신의 영혼은 그를 앎으로써 다시 새로워질 것이오."

나는 말했다.

"아! 그는 자기의 슬픈 우정에 자기를 닮은 또 다른 교우관계를 덧붙이고자 하는가? 그는 그 스스로 잘못된 낱말들을 가리키는 하나의 예문이 아닌가? 지금 그는 그 예문의 여백에 그의 친구의 낱말들까지 적고자 하는가? 물질의 책 속에 적힌 단 한 글자라도 내 곁을 지나쳐 빠져가지 못하게 하기 위해?"

다시 나는 말했다.

"나는 가리라, 그리고 아마도 그 지혜 속에 든 영혼이 엉겅퀴 속의 무화과 같음을 발견하게 되겠지만, 사랑 안에 든 가슴은 어둠에서 빛을 끌어내게 되리라."

밤이 왔을 때 나는 그곳으로 갔다. 나는 그 젊은이가 방 안에서 시집을 읽고 있는 것을 보았다. 나는 그에게 인사를 하고 그의 손에 든 책에 대해 놀라면서 말했다.

"그런데 그 새로운 친구는 어디 있습니까?"

"내가 그 사람입니다, 친구여. 내가 그 사람입니다."

그는 반복했다. 그는 내가 일찍이 그에게서 본 적이 없는 고요함 속에 앉아 있었다. 그리고 그는 나를 바라보았다. 그의 눈동자 속엔 가슴을 찌를 듯한 이상한 빛이 감돌고 있었다. 내가 오랫동안 거칢과 잔인함만을 보아왔던 그 눈동자는 가슴을 사랑으로 가득 채운 불빛을 켜고 있었다. 그는 다른 사람의 것으로 들리는 목소리로 말했다.

"정말, 당신이 어린아이 때부터 알았고 당신의 소꿉동무였으며 젊은 시절을 함께 보냈던 그 사람은 죽었답니다. 그의 죽음에서 나는 태어났습니다. 자, 그러니, 악수를 합시다."

나는 그의 손을 잡으며 피가 통하는 부드러운 영혼을 감촉으로 느꼈다. 아, 그 딱딱하고 잔인한 손이 온유하며 부드러워져 있었다. 예전엔 표범의 발톱 같았던 손가락들이 오늘은 그 광채로 가슴을 어루만지는 것 같았다.

다시 나는 말했다.

(내 말의 이상함을 나는 영원히 기억하게 되리라.)

"당신은 누구인가요? 당신에게 무슨 일이 일어났으며, 어찌하여 당신이 이렇게 되었나요? 성령이 당신을 성역으로 데려가 성화(聖化)한 건가요? 아니면 당신은 지금 내 앞에서 시인의 환상을 연출하는 건가요?"

그는 대답했다.

"아, 내 친구여, 정말 성령이 내 위에 강림하여 나를 성결케 했답니다. 어떤 강력한 사랑이 내 가슴을 순결한 제단으로 만들었습니다. 그것은 여성이었어요. 어제까지만 해도 나는 여성이란 남자들의 노리개라 생각했는데 한 여성이 나타나 나를 함정의 어둠에서 해방해주었고, 내 앞에 천국의 문을 열어주었답니다. 그 진실한 여인은 나를 그녀가 사랑하는 요르단에 데려가 나에게 세례를 주었습니다. 그녀는 자기의 자매들을 어리석게도 농락했던 나를 들어 올려 영광의 왕좌에까지 앉혔습니다. 그녀는 자기의 동료들을 분별없이 약탈했던 나를 자신의 사랑으로 정결케 해주었습니다. 그녀는 자기의 동족들을 노예로 만들었던 나를 그녀의 아름다움으로 해방해주었습니다. 그녀는 그녀의 욕망의 힘으로 에덴동산에서 해방해주었습니다. 그녀는 그녀의 욕망의 힘으로 에덴동산에서 첫 번째 남자를 추방했고, 그 남자의 약함은 나를 다시 그녀의 연민과 나의 복종으로 에덴동산으로 되돌아가게 한 것입니다.”

나는 그 순간 그를 바라보며 눈동자에 담긴 눈물과 입술 위의 미소와 그의 머리 위에 놓인 왕관 같은 사랑의 광채를 보았다. 나는 그에게 가까이 다가가 마치 사제가 제단 위에 입맞춤을 하듯이 축복하면서 그의 이마에 입을 맞추었다.

나는 그의 말을 되뇌이며 작별을 고했다.

“그녀는 자신의 욕망의 힘 때문에 에덴동산에서 첫 번째 남자를 추방했고, 그의 약함이 나를 다시 그녀의 연민과 나의 복종으로 에덴에 되돌아오게 해주었습니다.”

환상과 진실
Fantasy and Truth

인생은 우리를 이리저리 끌고 다니고, 운명은 우리를 이 장소에서 또 다른 장소로 움직여 다니게 한다. 우리는 우리의 길 위에서 장애물밖에 보지 못한다. 또한 우리는 우리를 두렵게 만드는 목소리밖에 아무 소리도 듣지 못한다.

아름다움이 우리 앞에 나타나 그녀의 영광의 왕좌에 앉으면 우리는 가까이 다가간다. 그리고 그리움의 이름으로 우리는 그녀의 옷깃을 더럽히고 청순한 왕관을 빼앗는다.

사랑이 정중한 옷을 입고 우리 곁을 지나가면, 우리는 두려워서 어두운 동굴 속에 몸을 숨기거나 아니면 사랑의 이름으로 사악한 짓들을 저지르며 그녀를 따라간다.

현자(賢者)가 자신의 무거운 멍에를 쓴 채로 우리 가운데를 걷는다. 그러나 그는 꽃송이의 숨결보다 부드럽고 레바논의 미풍보다 온화하다.

지혜는 거리의 모퉁이에 서서 군중 위로 우리를 부른다. 그러나 우리는 그녀를 가치가 없는 것으로 생각하며 지혜를 따르는 자들을 경멸한다.

지혜는 그녀의 음식과 음료수를 즐기도록 자신의 식탁에 우리를 부른다. 우리는 그곳에 가서 배를 채운다. 그러면 그 식탁은 시시껄렁한 기회와 자기 굴욕의 장소가 되어버린다.

자연은 우리에게 우정의 손을 뻗쳐 자기의 아름다움 속에서 기쁨을 찾으라고 명하지만, 우리는 그녀의 고요함이 두려워 도시로 도망치며 으르렁거리는 늑대 앞의 양 떼처럼 서로 뒤범벅이 된다.

진실은 어린아이의 미소에 인도되어 우리를 방문하여 연인의 입맞춤을 한다. 그리고 우리는 진실을 향해 우리의 부드러움의 문을 닫아버리고 그녀를 불결하다 하여 팽개쳐버린다.

인간의 가슴은 우리에게 구원을 요청하고 영혼은 우리를 부르지만 우리는 마치 돌덩어리에 호소하는 것처럼 아무것도 듣지 못하고 아무것도 이해하지 못한다.

그리고 어떤 사람이 자신의 절규와 영혼의 부름을 들었을 때 우리는 그를 미쳤다고 말하면서 멀리한다.

그런 식으로 밤들은 지나가고 우리는 밤에 주의를 기울이지 않는다. 우리는 많은 낮과 만나며, 밤과 낮을 두려워한다.

우리는 땅 가까이 있지만, 신들은 우리의 친척이다. 우리는 생명의 빵을 지나쳐버렸고, 그리하여 굶주림이 우리의 힘을 먹어 치운다.

우리에게 삶이란 얼마나 달콤하며, 또한 우리는 삶에서 얼마나 멀리 있는가!

들판의 비탄

Lament of the Field

여명의 시간, 태양이 지평선 위로 떠오르기 전에, 나는 들판 가운데 앉아 자연과 이야기를 나누고 있었다. 청순함과 아름다움으로 가득 찬 그 시간, 사람들이 아직 잠에 빠져 꿈과 깨어남 사이를 헤맬 동안 나는 풀밭 위에 누워 아름다움의 진실과 진실의 아름다움을 내가 바라보는 모든 것에서 알아내고자 했다.

나의 깊은 성찰이 나를 육체에서 갈라놓고 나의 상상력이 내 내부의 자아에서 물질의 덮개를 벗겨 올렸을 때 나는 내 영혼이 자라나고 있음을 느꼈고, 내가 자연 가까이 나를 끌고 갔을 때 그녀가 숨겨진 비밀들을 나에게 드러내 보여주며 자신의 기적의 언어들을 나에게 가르쳐주고 있음을 느꼈다.

내가 그렇게 있을 때 미풍이 나뭇가지들 사이를 마치 고아처럼 애처롭게 한숨 쉬며 지나가고 있었다. 나는 이해할 수가 없어 물었다.

"우아한 미풍이여, 그대는 왜 한숨을 짓고 있습니까?"

바람은 대답했다.

"태양의 따스함을 떠나 도시로 가고 있기 때문입니다. 도시로 가면 질병과 아픔의 병균들이 내 깨끗한 옷자락에 달라붙고 나의 깨끗한 숨결 속에 독 묻은 공기를 뱉어놓기 때문입니다. 그렇기 때문에 내가 슬퍼한다는 것을 당신은 아시겠지요."

그리고 나는 꽃들을 보았는데 그들의 눈동자에서 눈물 같은 이슬방울이 떨어지고 있는 것을 보았다. 나는 물었다.

"예쁜 꽃들이여, 당신은 왜 그토록 울고 있습니까?"

그들 중의 하나가 머리를 들고 대답했다.

"사람들이 와서 우리의 목을 꺾어서 도시로 데려가 팔아버리기 때문입니다. 자유로운 우리를 노예로 만들어서는 말예요. 그런 뒤 저녁이 되면 우리는 시들고 그들은 우리를 먼지 구덩이 속에 처박아버릴 겁니다. 인간들이 그토록 잔인하게 우리를 우리의 고향인 들판에서 떼내어가려고 하는데 우리가 어찌 울지 않겠습니까?"

잠시 후 나는 강물이 마치 자식을 잃어버린 어머니가 탄식하는 것처럼 울고 있는 소리를 들었다. 나는 물었다.

"부드러운 강물이여, 당신은 왜 탄식합니까?"

시냇물이 대답했다.

"나는 도시로 끌려가기 때문입니다. 도시의 사람들은 나를 얕보고 나를 포도즙으로 바꿔 찌꺼기를 나르게 합니다. 나의 순결이 죄가 되고 나의 청순함이 오물로 변하는데 어찌 슬퍼하지 않겠습니까?"

그리고 나는 새들이 마치 장송곡처럼 음울한 노래를 부르는 것을 들었다. 나는 물었다.

"귀여운 새들이여, 당신은 어찌하여 통곡하고 있나요?"

그들 중의 작은 새가 나에게 다가와 말했다.

"내일이면 인간은 우리를 파멸하려고 무시무시한 무기를 손에 들고 올 것입니다. 마치 낫이 옥수수를 베어내듯이 말이에요. 우리는 서로 작별 인사를 나누고 헤어집니다. 그러나 우리 중의 누가 자기 운명을 피할 수 있을지는 알지 못한 채로 말이지요. 우리가 가는 곳마다 죽음이 우리 뒤를 쫓고 있는데 어찌 우리가 슬퍼하지 않겠어요?"

태양이 산 뒤에서 솟아나 나뭇가지 끝에 황금빛 왕관을 씌우고 있는 동안 나는 홀로 물어보았다. 왜 인간은 자연이 지어 올린 것을 허물어 내리는가 하고.

환상의 여왕
The Queen of Fantasy

　팔미라의 폐허에 도착했을 때 나는 거기까지 한 여행으로 지쳐 시간으로 부서진 기둥들 사이에서 자라고 있는 풀밭에 몸을 던지고 땅에 엎드렸다. 밤이 내려 흩어졌던 만물을 제 침묵의 외투 아래 모이게 하고 있을 때 나는 내 주변에 있는 대기 속에서 흘러다니는 무언가를 느꼈다. 눈꺼풀이 점점 무거워지더니 내 영혼은 속박에서 자유로이 풀려났다. 그때 땅이 열리고 하늘이 흔들렸고 나는 앞으로 뛰어올랐는데 어떤 초자연적인 힘으로 그곳에 내던져진 것 같았다. 그리고 나는 내가 어떤 인간도 상상해본 적이 없는 그런 정원의 한가운데 앉아 있는 것을 알았다. 내 근처엔 아름다움 외에는 아무것도 입지 않은 처녀들이 있었다. 그들은 내 주위에서 걷고 있었는데 그들의 발은 땅을 스치지도 않는 것 같았다. 그들은 사랑의 꿈으로 지은 노래를 부르고 있었고 금으로 만든 현이 있는 상아 수금을 켜고 있었다.

　나는 어떤 빈터로 나오게 되었고 그 한가운데 있는 호화찬
란한 보석들로 꾸며진 한 옥좌를 보았다. 그 옥좌는 햇빛과
무지개의 다채로운 색깔이 흘러 넘치는 초원에 있었다. 오른
쪽과 왼쪽엔 처녀들이 서 있었다. 그들은 목소리를 높이면서
유향의 향기가 오르는 곳을 바라보고 있었다. 그리고 보라,
꽃피어 오른 나뭇가지들 사이에서 한 여왕이 나타났다. 그녀
는 옥좌를 향해 천천히 걸어가 거기에 앉았다. 그러자 마치
흩날리는 눈발 같은 하얀 비둘기들이 날아와 초승달 모양을
이루며 그녀의 발치에 앉았다.

　처녀들은 자기들의 여왕을 찬미하는 노래를 불렀고 향기
는 그녀의 영광을 떠받들기 위해 피어올랐다. 그동안 나는 서
서 어떤 사람의 눈도 본 적이 없는 것을 보았고 어떤 인간의
귀도 들어본 적이 없는 것들 듣고 있었다.

　그때 여왕이 손으로 신호를 보내자 모든 움직임이 멈추었
다. 마치 연주자의 손가락 밑에서 전율하는 류트의 현처럼 내
영혼을 떨리게 만드는 목소리로 그녀는 말했다. 그 홀리는 듯
한 장소에선 모든 사물이 마치 귀와 심장을 가진 것 같았다.

　"인간이여, 내가 그대를 이곳으로 불렀노라. 나는 환상의

나라의 여왕이니라. 나는 꿈의 오솔길을 다스리는 여왕이기에 그대를 길 떠나게 해 내 앞에 서도록 한 것이노라. 그러므로 나의 부탁을 귀 기울여 잘 듣고 인간들에게 널리 알려달라. 말하라, 환상의 도시는 결혼 축제이며, 그 문은 용맹스러운 장수가 지키고 있고 결혼 의상을 입지 않고서는 아무도 들어올 수가 없다고. 말하라, 이곳은 사랑의 천사가 망보고 있는 천국이며, 이마에 사랑의 표지를 갖지 않은 사람이라면 들여다볼 수조차 없다고. 이곳은 맛있는 술 같은 강물이 흐르고 새들은 천사처럼 공중을 날아다니며 꽃들은 놀라운 향기를 풍기고 그 땅은 꿈속의 어린아이들 외에는 아무도 밟지 않은 상상의 들판이니라.

인간들에게 말하라, 나는 그들에게 한잔의 넘쳐흐르는 환희를 주고자 했으나 그들은 어리석어서 그 잔을 쏟아버렸고 어둠의 천사가 와서 그 잔에 슬픔을 가득 채워버렸다고. 그리하여 인간은 그 잔을 마셨고 슬픔에 취하게 되었노라고. 말하라, 손끝으로 내 옷깃을 만져보지 못하고 눈동자로 내 옥좌를 바라보지 못한 사람은 아무도 삶의 현악기를 연주할 수 없다고 말하라.

이사야는 내 사랑의 줄로 엮은 진주 목걸이 같은 지혜의 시를 지었고, 요한은 나의 언어로 자신의 이상을 읊었노라. 그리고 단테는 나의 안내가 아니었다면 영혼들의 목초지에 들어가보지도 못했으리라. 나는 현실을 에워싼 하나의 상징이노라. 영혼의 합일을 계시하는 진리이며, 신들의 행위를 증명하는 증거이니라. 진실로, 사상은 눈에 보이는 사물들의 세계 저편에서 휴식처를 가지는 것이며, 그 하늘은 기쁨의 구름으로 흐려지지 않는 것이니라. 이상이란 신들의 하늘에 형태를 짓는 것이며 영혼의 거울에 반영되는 것이니라. 그리하여 희망이란 물질의 세계에서 벗어난 뒤에야 모든 것 속에 깃들게 되리라."

그리고 나서 환상의 여왕은 홀리는 듯한 모습으로 나를 그녀 쪽으로 끌어당겨 내 타오르는 입술에 입을 맞추고 말했다.

"말하라, 꿈의 영역 속에서 자기의 세월을 보내지 않는 사람은 바로 그러한 세월의 노예인 것이라고."

그 즉시 처녀들의 목소리는 위로 오르고 유향의 연기는 엷어지면서 공중으로 희미하게 사라지고 환상은 떠나버렸다. 두 번째에는 땅이 열리고 하늘이 흔들렸으며 나는 내 자신이 다시 폐허 속에 있는 것을 바라보았다.

미소를 지으며 새벽이 깨어났고 내 입술과 혀는 어떤 말을 중얼거리고 있었다.

"꿈의 영역 속에서 자신의 세월을 보내지 못하는 자는 바로 그러한 세월의 노예가 되리라."

나를 비난하는 사람에게

My Blamer

나를 비난하는 자여, 나를 내 고독 속에 버려두어요.

사랑받는 자의 아름다움에

그대의 영혼을 동여매는 그런 사랑으로

나는 그대에게 탄원합니다.

그대의 가슴과 어머니의 부드러움을

하나로 만들게 하는 그런 사랑으로

그대를 어린아이의 애정에 가까이 끌어당기는 그런 사랑

으로

나는 그대에게 기도합니다, 나를 놓아두세요.

나를 위해, 내 꿈을 위해.

나는 내일을 기다릴 것이며

내일은 그의 뜻대로 나를 심판할 것입니다.

당신이 나에게 준 충고와 조언들,

충고는 한낱 유령 같은 것이어서

혼돈의 거처로 영혼을 부르고

땅처럼 차가운 삶으로 그 혼을 데리고 가는 것.

나는 작은 심장을 가졌다오.

그러나 나는 내 가슴의 어둠에서

내 심장을 자유롭게 하여

그 깊이를 찾고 그 비밀을 물으면서

내 손바닥 안에 간직하렵니다.

나의 비난자여,

당신의 화살을 내 손에 쏘지 마세요,

두려운 일이 일어나지 않도록 하시고

심장이 비밀의 피를 쏟아버리지 않도록

늑골의 둥지 안에 감춰주세요,

그리하여 신들이 사랑과 아름다움으로 내 심장을 꾸밀 때

신들이 행한 모든 것을 심장은 행할 것입니다.

태양이 떠오르고

밤꾀꼬리가 지저귀며

도금양의 혼이 날아오릅니다.

나는 하얀 양들과 방랑하고자

잠의 덮개를 벗어버릴 겁니다.

나의 비난자여, 숲속의 사자와

계곡의 독사들이 나를 놀라게 하지 말아주십시오,

나의 영혼은 공포를 알지 못하며

악마가 오기 전엔 그것을 눈치채기 못하기 때문입니다.

나를 내버려두세요, 나의 비난자여,

나를 타이르지도 마십시오.

사랑이 내 눈동자를 뜨게 했으며

눈물이 나의 시야를 열어주었습니다.

슬픔은 나에게 가슴의 언어를 가르쳐주었습니다.

사물의 노래들을 금지하지 마십시오,

나의 양심은 나를 정의롭게 판단해줄

법정이기 때문입니다.

내가 순결하다면 양심은 나를 벌주지 않을 것이며

내가 죄를 지었을 땐 은혜를 베풀지 않을 것입니다.

사랑의 행렬은 자신의 길을 가며
아름다움은 천상의 모습으로 거닙니다.
그리고 젊음은 기쁨의 뿔피리를 불 것입니다.
나를 방해하지 마세요, 나의 비난자여,
나를 가게 해주세요.
그 길은 장미꽃과 향기로운 약초로 우거져 있고
사향의 향기가 대기를 가득 채우고 있습니다.

부(富)와 영광의 이야기에서 나를 자유롭게 해주세요,
나의 영혼은
신들의 영광만으로도 만족하여 바쁘니까요.

허세와 지위 같은 것에서 나를 초연하게 해주세요.
이곳에 있는 모든 땅이 다 내 나라이며
모든 사람이 다 내 고향 사람이기 때문입니다.

독백
Soliloquy

내 사랑이여, 그대는 어디에 있습니까,

어린아이가 제 어머니의 젖가슴을 사랑하듯이

당신을 사랑하는 꽃들에게 물을 주면서

그 작은 정원에 있습니까?

아니면 당신이 순결을 위해 제단을 세운,

내 영혼과 가슴을 바친 당신의 그 작은 방에 있습니까?

아마도 당신은 인간의 지혜를 수확해놓은

당신의 책들 사이에 있는지도 모릅니다……,

그토록 신들의 지혜가 풍부한 당신이기에.

내 영혼의 동반자여, 그대는 어디에 있습니까?

성역에서 나를 위해 기구하고 있습니까?

아니면 자연을 부르며 초원에 있습니까?

당신의 경이와 꿈의 안식처인 그곳에…….

아니면 아마도 불행에 빠진 사람들의 집에 있습니까?

그대의 부드러움으로

깨어진 심장들을 위안하면서

그들의 손에 자비를 베풀고 있는 것인지도 모릅니다.

그대는 신의 영혼이기에 모든 곳에 존재하고

그대는 시간 자체보다 크고 강하기에

모든 시간 속에 존재합니다.

우리가 결합했던 밤을 기억합니까,

그대 영혼의 빛이 후광처럼 우리 위에 서렸던 밤을?

그리고 만물의 영혼 속에서 노래하고 찬미하면서

우리 위 하늘을 떠다니던 사랑의 천사들을 기억합니까?

마치 갈비뼈가 심장의 성스러운 비밀을 감추듯이

사람들의 시선에서 우리를 숨겨주고

우리 위에 그늘을 던져주던 나뭇가지들 밑에

앉아 있던 나날을 기억합니까?

그리고 우리 자신에서 우리 자신 속으로 안식처를 옮기듯

서로 머리를 기대고

손을 잡고 우리가 걸었던

그 오솔길과 비탈길을 기억합니까?

내가 작별을 고하러 갔던 그 시간을 기억합니까?

그대는 나를 껴안고 성모님이 하시듯 입맞춤을 했습니다.

입술이 닿은 그곳에서

혀는 알지 못하는 성스러운 비밀을 입술들이 이야기하는 것을

나는 들었습니다.

한숨의 전주곡인 입맞춤은

전지전능한 분이 진흙 속에 불어넣어

인간을 만든……

그런 숨결이었습니다.

그리하여 그 한숨은 우리의 쌍둥이 같은 영혼의 영광을 선언하면서

영혼의 세계를 향해 앞장서서 갔습니다.

그리고 한숨은 우리와 영혼의 세계가 결합해 일체가 될 때

까지

영원히 남아 있을 것입니다.

당신은 다시 한번 입맞춤하며 나를 껴안았습니다.

그리고 눈물을 흘리며 말했지요.

"사실 지상의 육신들은 알 수 없는 욕망을 가지고

때때로 세속적 목적 때문에 헤어지기도 합니다.

그리고 세속적 이유 때문에 떨어져 있기도 하지요.

그러나 모든 영혼은

죽음이 와서 신에게 높이 인도해줄 때까지

안전하게 사랑의 손안에 있는 것입니다.

그러니 가세요, 내 사랑이여, 삶이 당신을 그녀의 대표자로

파견하는 것이니.

가세요, 삶에 복종하세요.

삶이란 예쁜 여인이며 자기를 따르는 사람들에겐

환희로 가득 찬 천국의 강물을 마시도록 합니다.

나에게, 당신의 사랑은 기다림의 우울과

당신에 대한 기억, 영원한 결혼을 주었답니다."

나의 친구여, 그대는 지금 어디 있습니까?

고요한 한밤중에 일어나

내 심장의 고동 소리와 가슴속 깊은 생각들을

당신에게로 실어다 줄 바람을 기다리고 있습니까?

아니면 당신의 젊은 시절 사랑의 초상을 보고 있나요?

그 초상은 이제 더는 그려졌던 것과 같지 않습니다.

슬픔은 이미 자기의 그림자를

어제 당신의 현존을 그토록 기뻐했던 그 얼굴 위에 던져버

렸습니다.

그리고 울음은 당신의 아름다움이 특별히 아꼈던

눈동자를 시들게 했습니다.

그리고 비탄은 당신의 입맞춤으로 축축했던 입술을 바싹

태워버렸습니다.

사랑이여, 그대는 어디에 있습니까?

당신은 나의 부르짖음 소리를 듣고 바다의 저편에서 슬퍼

하고 있습니까?

나의 허약함과 굴욕을 보십시오…….

당신은 나의 인내와 참을성을 아십니까?

우주에는 죽어가는 자의 마지막 숨을 지탱해줄 영혼들이 없단 말입니까?

영혼들 사이엔

병든 애인의 불평을 실어 내갈

숨겨진 밧줄도 없다는 것입니까?

어디에 있습니까, 사랑하는 사람이여?

어둠은 나를 감싸고, 슬픔이 승리자가 되었습니다.

공중을 바라보며 웃으십시오, 그러면 나는 생기를 회복할 것입니다.

하늘에 대고 숨 쉬십시오, 그러면 나는 살 것입니다.

어디에 있습니까, 사랑하는 이여, 어디에……?

오, 사랑은 얼마나 강한가요,

사랑은 얼마나 나를 움츠러들게 하는가요!

사랑하는 사람
The Beloved

첫 눈짓

이것은 삶의 자각에서 삶의 기쁨이 분리되는 순간이며 영혼의 광막한 들판을 비추는 첫 번째 불빛이다.

이 최초의 황홀함은 가슴속에 있는 칠현금의 첫 번째 현을 울린다.

바로 그 순간 지나가버렸던 날들의 이야기가 영혼의 귀에 되돌아오고, 지나가버렸던 밤들의 일이 선명하게 보이게 되며, 이 세상에서 기쁨과 슬픔으로 장식되었던 행위들을 이해하게 되고, 세상에 있을 불멸성의 비밀이 보이게 된다.

그것은 **아스타르테**가 하늘에서 떨군 씨앗으로서 가슴의 들판에서 눈동자에 의해 씨 뿌려지고 사랑으로 키워지며 영혼으로 열매 맺게 된다.

사랑하는 사람이 보낸 첫 번째 눈짓은 그것에서 하늘과 땅이 생긴, 심연의 얼굴 위를 배회하는 정령 같은 것.

인생 길의 동반자가 보낸 첫 번째 눈짓은 마치 조물주가 "존재하라"고 말할 때의 신의 말과도 같은 것.

첫 입맞춤

그것은 사랑의 투명한 연못에서 신들이 가득 채워놓은 한 잔의 물을 처음으로 맛보는 것. 가슴을 슬프게 만드는 의혹과 가슴을 기쁘게 만드는 확실성 사이에 있는 분리선 같은 것.

하늘나라의 삶을 노래하는 시의 첫 번째 행(行)이며 영혼에 있어서는 인간 이야기의 첫 번째 장.

미래의 찬란함과 과거의 놀라움을 잇는 하나의 고리이며 감정의 침묵을 노래와 이어주는 하나의 고리. 네 개의 입술이 말하는 하나의 말은 가슴을 왕좌로 만들어주고 사랑을 통치자로 만들어주며 충만에 왕관을 씌워준다.

장미꽃 위를 지나가는 미풍의 손가락 끝처럼 부드러운 스침은 환희의 한숨과 달콤한 신음을 가져다주는 것.

혼란과 전율의 시작은 세계에서 연인들을 떼어놓고 그들

을 영감과 꿈의 영역으로 옮겨준다.

그리하여 첫 번째 눈짓이 사랑의 여신이 인간의 가슴 밭에 심은 씨앗이라면, 첫 입맞춤은 생명의 나무의 첫 번째 가지 위에 핀 꽃송이 같은 것.

결합

그리하여, 여기, 사랑은 삶의 산문을 시로 만들고 존재의 신비에서 세월에 의해 칭송되는 장(章)들을 창조하면서 시작하는 것.

이 같은 그리움은 지나간 세월의 비밀의 베일을 찢어버리고, 가장 작은 기쁨에서 영혼의 **신**을 포옹할 때 영혼의 희열로만 초월되는 그런 행복을 꾸미는 것이다.

결합이란 이 지상에 세 번째의 신성함을 창조하기 위해 두 사람의 신성함이 융합하는 것. 두 사람의 결합은 사랑 속에서 강하며, 반대로 적들은 자신의 미움 속에서 약한 것.

그것은 두 영혼이 불협화를 버리고 결합해 하나를 이루는 것.

사슬을 이룬 황금 고리의 첫 번째 것은 눈짓이지만 마지막 것은 무한인 것.

하늘에서 신성한 대지로 상쾌한 빗방울이 떨어지는 것은 그 축복받은 들판에서 힘이 스며나오게 하려는 것이다.

사랑하는 사람의 눈동자에서 나오는 최초의 눈짓이 가슴의 들판에 사랑으로 뿌린 씨앗과 같다면

그녀의 입술의 첫 번째 입맞춤은 마치 삶의 나무에 핀 최초의 꽃과 같다.

그리고 그녀와 하는 결합이야말로 비로소 씨 뿌림의 첫 번째 열매가 된다.

만남
Meeting

밤이 별들의 보석으로 하늘의 옷을 치장하길 마쳤을 때 나
일강의 계곡에서 보이지 않는 날개를 가진 요정이 올라왔다.
그녀는 달빛에 은빛으로 물든 지중해 위에 높이 떠오른 구름
의 왕좌에 앉았다. 그녀의 앞으로 한 무리의 하늘나라 영혼들
이 "성스럽도다, 성스럽도다, 그 영광이 땅을 가득 채우는 이
집트의 딸이여, 성스럽도다"라고 찬송하면서 지나갔다.

그때 삼목의 숲 속에 있는 물기둥의 입에서 천사들의 손길
로 태어난 한 젊은이의 모습이 솟아올랐다. 그는 요정의 옆에
있는 왕좌에 앉았다. 그 둘의 앞으로 다시 영혼들의 무리가
지나가며 "성스럽도다, 성스럽도다, 그 영광이 시대를 가득
채우는 레바논의 젊은이여"라고 외쳤다.

그리고 그 연인은 사랑하는 사람의 손을 잡고 그녀의 눈동
자를 들여다보았다. 그러자 바람과 파도는 이 땅의 모든 곳

에서 서로 하나가 되며 결합을 이루었다.

오, 아이시스의 딸이여, 그대의 영광은 완전하며 그대에 대한 나의 사랑은 얼마나 위대한지요!

오, 아스타르테의 아들이여, 당신은 모든 젊은이 중에서 가장 사랑스러우며, 그대를 향한 나의 그리움은 얼마나 크나큰지요!

내 사랑이여, 나의 사랑은 당신 나라의 피라미드 같아서 세월도 그것을 파괴하지는 못할 것입니다.

사랑하는 사람이여, 내 사랑은 당신 나라의 삼목 같아서 어떤 자연의 힘도 그것을 정복하지는 못할 거예요.

지상의 현자들이 그대의 지혜로움을 음미하고 당신의 기호들을 알아내기 위해 동쪽에서도 오고 서쪽에서도 오고 있습니다. 또한 지상의 위대한 이들도 그대가 지닌 아름다움의 술과 그대가 지닌 신비의 마술을 마시기 위해 많은 나라에서 오고 있습니다.

사랑하는 이여, 진실로 그대의 손바닥은 보고를 가득 채운 풍요함의 원천입니다.

사랑하는 이여, 진실로 그대의 두 팔은 감미로운 물의 근원이며 그대의 숨결은 신선한 미풍의 근원입니다.

나일강의 궁전과 사원들은 그대의 영광을 선언하고, 공포의 아버지*는 그대의 위대함을 이야기하고 있답니다, 내 사랑이여.

　　그대 가슴 위의 삼목들은 고귀함의 표적이며 그대 주변의 탑들은 그대의 위력과 용맹을 찬미하고 있답니다, 내 사랑이여.

　　그대의 사랑은 얼마나 훌륭하며 또한 그대의 찬양을 받으려는 희망은 얼마나 감미로운가요, 사랑하는 이여!

　　그대는 얼마나 관대한 동반자이며 또한 얼마나 만족스러운 배우자인가요! 그대의 선물은 얼마나 멋지며 그대의 소산들은 얼마나 귀한가요! 그대는 나에게 젊은이들을 보내고 그들은 마치 깊은 잠에서 깨어나게 하는 각성 같았습니다. 그대는 내 민족이 연약함을 이겨내도록 용맹스런 사람을 보냈고 그들을 교육하려고 현자를 보냈으며 그들을 고상하게 만들려고 고결한 사람을 보내주었습니다.

　　그대에게 씨앗을 보내니 꽃피우세요. 그리고 어린 새싹들을 보내니 나무가 되도록 기르십시오. 왜냐하면 그대는 장미와 백합에게 생명을 주고 삼목을 키워내는 처녀지(處女地)이기 때문입니다……

＊ 스핑크스.

삶의 놀이터
The Playground of Life

아름다움과 사랑의 꿈속에서 움직이는 한순간은 약자가
강자에게 허락한 화려함으로 가득 찬 한 시대보다도 더욱 위
대하고 더욱 귀중하다.

바로 그런 순간에 신(神)다운 인간이 솟구치며, 바로 그런 시
대에 혼란스러운 꿈의 베일에 가리워져 깊은 잠을 자게 된다.

바로 그런 순간에 영혼은 갈등하는 인간의 법률에서 자유
로워지며

바로 그런 시대에 영혼은 멸시의 벽 뒤에 갇혀 억압의 사
슬에 짓눌리게 된다.

그 순간은 솔로몬의 노래와 산상수훈과 알프레드 서정시
의 요람 같은 것이다. 그런 시대에는 바알베크의 사원들을 파
괴하고 팔미라의 궁전과 바빌론의 탑들을 파괴했던 맹목적

인 힘이 존재한다.

　가난한 사람들의 권리의 죽음을 애도하고 정의의 상실을 슬퍼하면서 영혼이 보낸 하루는 부자들이 자신의 욕망을 즐기느라고 잃어버린 세월보다 훨씬 고귀하다.

　그런 하루는 마음을 불로 정화하고 그 빛으로 가득 채워주지만 그런 시대는 검은 날개로 마음을 봉합하여 땅 밑에 매장해버린다.

　그런 하루는 사나이의 날이며 갈보리의 날이며 **탈주**[*]의 날이다. 그런 시대는 네로가 죄악의 장터를 지나갔던, 코라가 탐욕의 재판 위에 영혼을 올려놓았던, 그리고 돈 주앙의 육체적 욕망이 무덤 속에 영혼을 묻었던 날들과 같다.

---

[*] 마호메트가 메카에서 메디나로 도피한 것을 의미함. 혹은 도피행(Hegira)이라고도 부름.

나의 친구
My Friend

내 불쌍한 친구여, 그대를 불행에 빠뜨린 가난이 정의에 대한 지혜를 불어넣고 그대에게 인생의 의미를 이해하게 해준다는 것을 그대가 안다면 그대는 신의 지배에 만족할 것입니다.

그대는 말하겠지요. 부유한 사람들은 정의에 대한 지혜 같은 것을 자신의 보물 창고 속에 매장해버린답니다. 삶의 의미라는 것도 권력 있는 사람들은 자신들의 영광을 추구하는 데 빠져 팽개쳐버린 것이지요……라고.

그러니 정의를 기뻐하세요, 왜냐하면 그대는 정의의 대변자이니까요. 그리고 삶을 기뻐하세요, 그대는 삶의 책이니까요. 기뻐하세요, 그대는 그대를 도와주는 사람들의 공로의 원천이며 그대의 손을 잡아주는 사람들의 미덕의 강한 팔이니까요.

내 슬픈 친구여, 그대에게 부여된 불행이 가슴을 밝게 해주는 힘이고 존경을 조롱하는 힘에서 그대를 승화해주는 힘이라는 것을 그대가 안다면 그대는 상속된 불행에 만족하고 그것을 수호자로서 찬미할 것입니다. 그리고 그 불행에서 당신은 알게 될 것입니다. 인생이란 하나의 사슬이며 그 사슬의 고리들이 서로를 연결해준다는 것을. 그리고 비통한 슬픔이야말로 마치 잠과 깨어남 사이로 오는 아침처럼 미래의 기쁜 일과 현재에 대한 복종을 분리해주는 황금빛 고리입니다.

내 친구여, 진실로 가난은 영혼의 고귀함을 드러내주며 부유함이란 자신의 하찮음을 드러낼 뿐입니다.

슬픔은 우리의 감정을 부드럽게 해주고 기쁨을 견고하게 합니다. 인간은 부와 기쁨을 단지 번영의 수단으로만 사용해왔으며 심지어 그들이 순결한 책인 성서의 이름으로 행할 때도 그러했습니다. 휴머니티의 이름으로 행할 때도 휴머니티는 거부되었습니다.

가난이 추방되고 더는 슬픔이 없다면 영혼의 책장은 텅 빌 것이며, 자기만족과 쌓인 재산만을 과시하는 상징들과 세속적인 탐욕에 대한 말들만 남을 것입니다.

나는 오랫동안 바라보면서 인간 속에는 성스러움, 즉 비세

속적인 자아가 있다는 것을 발견했고 그것은 부를 위해 팔리지도 않고 시대의 쾌락으로 증진되지도 않는다는 것을 알았습니다. 그리고 나는 오래 생각한 끝에 부자들은 자기의 부를 탐하느라, 젊은이들은 쾌락을 추구하느라 자신의 신성(神性)을 내던진다는 것을 알았습니다.

친구여, 그대가 생애의 동반자와 어린 것들과 함께 들판에서 집으로 돌아오는 바로 그 시간은 앞으로 다가올 시대 속에서도 인간 가족에 대한 하나의 상징이 될 것입니다. 그것은 미래의 나날이 행복할 거라는 기호입니다. 부자들이 회계 사무실에서 보내고 있는 시간이란 사실상 무덤 속 구더기들의 생활 같은 것이랍니다. 공포의 기호이지요.

슬픔에 잠긴 내 친구여, 그대가 흘린 눈물은 망각을 찾는 자들의 웃음보다 더욱 감미로우며 농담을 하는 큰 목소리보다 더욱 향기롭습니다. 그런 눈물은 증오의 마음을 씻어주며 찢어진 가슴을 가진 사람들과 우정을 나누도록 가르쳐줍니다. 그런 눈물들은 **나사렛** 사람의 눈물입니다.

가난한 자여, 그대가 씨 뿌린 힘은 강자들이 거둬가겠지만 그대에게 돌아올 것입니다. 왜냐하면 모든 것은 **대자연**의 섭리에 따라 자신의 근원으로 되돌아오기 때문입니다.

그대가 견디고 있는 그 슬픔은 하늘의 명령에 따라 기쁨으로 바뀔 것입니다. 그리고 다가오는 시대는 가난에서 평등을 배우고 슬픔을 통해 사랑을 배울 것입니다.

어느 사랑의 이야기
A Tale of Love

어느 외딴 집에 한 앳된 젊은이가 앉아 있었다. 그는 창을 통해 별이 빛나는 하늘을 바라보다가 손에 든 한 여인의 초상화를 바라보기도 하며 앉아 있었다. 그 초상화의 선과 색채는 그의 얼굴에 반사되는 듯했다. 한 여인의 얼굴을 그린 초상화는 그에게 말을 거는 듯했으며, 그의 눈동자를 귀로 만들고 있는 듯했다. 초상은 그에게 방 안에 떠돌아다니는 영혼의 언어를 이해하게 했고, 사랑으로 환히 밝히고 그리움으로 가득 채워진 가슴을 태어나게 했다.

그리하여 황홀한 한순간의 꿈처럼 시간은 흘러갔고, 혹은 영원 속의 1년과도 같이 시간은 흘러갔다. 젊은이는 초상을 자기 앞에 놓고 펜과 종이를 집어 써 내려갔다.

"내 영혼의 사랑이여, 위대하고 숭고한 진실은 인간적인 말로 한 사람에게나 다른 사람에게로 흘러가는 것이 아닙니다. 오히려 영혼들 사이의 길과도 같은 침묵을 선택합니다. 나는 오늘밤의 이 고요함이 우리 두 영혼 사이에 마치 물의 얼굴 위에 미풍이 쓴 글씨보다도 훨씬 부드러운 소식을 간직한 전령사라는 것을 알고 있습니다. 우리 두 마음의 책에 쓰인 이야기를 서로에게 낭송해주는 것이지요. 신이 우리의 영혼을 육신의 감옥 안에 감금한 것같이 사랑은 내가 언어의 죄수가 되어야 한다고 선고했습니다.

내 애인이여, 그들은 말하죠, 숭배를 통한 사랑이란 다 타버린 불꽃으로 변하는 것이라고. 그러나 나는 작별의 시간이 우리의 신비로운 자아의 결합을 이겨내지 못하는 것을 알아냈습니다. 왜냐하면 당신을 처음 만났을 때 내 영혼은 영원한 세월을 위해 당신의 친구가 된 것이며, 당신을 처음 본 것이 사실은 처음 본 것이 아니라는 것을 알았기 때문입니다.

아, 내 사랑이여, 또 다른 세계에서 추방된 우리의 두 마음을 결합한 그 시간은 진실로 영혼의 영원성과 불멸성을 믿는 우리의 믿음을 이끌어준 많은 시간 중의 하나입니다. 바로 그 순간에 **대자연**은 사람들이 불의라고 하는, 영원한 정의의 얼굴 위에 씌운 휘장을 찢어버리는 것이지요.

연인이여, 그대는 기억합니까, 우리가 사랑하는 사람의 얼굴을 서로 응시하면서 서 있었던 그 정원을? 당신의 눈빛은 나에 대한 당신의 사랑이 연민에서 생겨난 것이 아님을 이야기하고 있었지요. 그 눈빛들은 나에게 정의에 근거를 둔 선물이 자비에서 시작된 선물보다 훨씬 위대하다는 것을 내 자신과 세상을 향해 선언하도록 가르쳐주었습니다. 그리고 어떤 상황에서 생겨난 사랑이란 마치 늪 속의 물 같은 것이라고 말이지요.

사랑이여, 내 앞에는 내가 위대하고도 아름다워져야 할 삶이 있습니다. 그 삶은 미래인들에게 기억될 것이며 그들의 사랑과 존경을 불러일으킬 것입니다. 그대와의 만남이 시작이었던 그런 삶, 그 삶의 불멸성을 나는 확신하고 있답니다. 왜냐하면 나는 그대의 존재가 신이 나에게서 빼앗아간 힘을 되돌려 줄 수 있다고 믿었기 때문입니다. 그래요, 그것은 마치 태양이 들판 위의 향기로운 꽃을 피게 하는 것과 같습니다. 그리하여 나의 사랑은 내 자신과 세월 속에 남아 자기만족에서 자유를 지키면서 넓게 퍼져나가 당신에게 바쳐진 작은 것들 위로 피어오를 것입니다.”

그 젊은이는 일어나 방을 천천히 가로질러 걸어갔다. 그리고 다시 창문을 바라보다가 달이 그 은은한 광채로 하늘을 가득 채우며 떠올라 있는 것을 보았다. 그는 다시 편지를 쓰기 시작했다.

"내 사랑이여, 용서하세요, 나는 당신이 마치 다른 사람이기라도 한 듯 이야기해왔군요. 당신은 신의 손에서 우리가 태어났던 바로 그 순간에 내가 잃어버린 나의 반쪽이 아니던가요. 나를 용서해주세요."

벙어리 짐승
The Dumb Beast

영상들이 내 마음을 홀리듯이 사로잡아버린 어느 날 저녁, 나는 마을의 외곽 지역을 지나 어느 외딴 집 앞에 서 있었다. 그 집은 벽이 허물어지고 기둥도 무너졌는데 오랫동안 버려지고 쇠락해온 흔적들 외엔 아무것도 남지 않은 듯했다.

그때 나는 먼지 구덩이 속에 누워 있는 개 한 마리를 보았는데 그의 허약한 몸은 심한 아픔으로 탈진해 보였고 야윈 모습은 병으로 더욱더 쇠약해져 있었다. 그는 불행과 절망의 그림자가 드리워진 눈으로 지는 해를 바라보고 있었다. 그는 황량한 장소와 그 희망 없는 짐승을 괴롭히는 아이들로 인해 태양이 곧 자기의 따스한 숨결을 거두어가버리리라는 것을 아는 것 같았다. 그는 이별의 슬픔을 가지고 지는 해를 바라보았다.

나는 천천히 그에게 다가가 극에 달한 그의 슬픔을 위로해주고 그의 절망을 불쌍히 여기고 있다는 것을 보여주고자 그의 언어를 알고 싶었다. 내가 다가가자 그는 두려워하며 마지막 힘을 다하여 몸을 움직이며 병으로 쇠약해진 다리로 도망칠 궁리를 하다가 절망에 빠져 바라보고 있었다. 그리고 더는 일어설 수가 없자 그는 애원의 쓰라림과 탄원의 부드러움 그리고 애정과 비난이 담긴 표정으로 나를 바라보았다. 그 표정은 인간의 말보다도 더욱 분명하고 여인의 눈물보다도 더욱 웅변적인 말을 대신하고 있었다. 나의 눈동자가 그의 슬픈 눈과 마주쳤을 때 나는 감동을 느꼈고 나의 감정은 더욱 고조되었다. 그리고 그의 눈빛은 형체를 이뤄 인간들이 관습적으로 사용하는 언어 같은 소리가 되었다. 이것이 개의 눈빛이 말한 것이다.

"그 정도면 충분합니다. 나는 인간의 잔인성을 견뎌왔고 고통과 병으로 괴로움을 겪고 있으니까요. 제발 그냥 지나가세요. 나를 버려두고 나의 침묵을 깨지 말아주세요. 나는 태양의 따스한 광선에게 구원을 청할 것입니다. 나는 인간의 잔혹함과 억압 속에서 도망쳐 나와 먼지 구덩이 속에 안식처를 찾았습니다만, 먼지 구덩이가 인간의 마음보다 부드러우며 인간의 영혼보다 덜 고독한 폐허에 나를 숨겨준답니다. 그러니 떠나세요. 지구 위의 모든 사람이 그런 것은 아니지만 당신들은 무엇을 위해 모든 정의를 잃어버리고 있는 것입니까? 나는 비천한 한 마리 짐승이지만 나는 인간의 아들에게 봉사해왔습니다. 나는 그에게 언제나 충성스러운 동료로서 봉사해왔고 인간의 집 안에서 위안이 되어왔습니다. 그의 슬픔은 나의 슬픔이었고 그의 기쁨은 나의 기쁨이었습니다. 나는 그가 집에 없는 시간을 기억했다가 그가 집으로 돌아오면 환영했습니다. 나는 인간이 그의 식탁에서 던져주는 음식 찌꺼기에 만족했으며 그의 이빨이 깨끗이 발라먹은 뼈다귀에 기뻐했습니다. 그러나 내가 늙고 나이가 들어 허약해지고 병이 들게 되자 그는 나를 자기 집에서 내쫓아버렸고 길거리의 잔학한 아이들의 노리개가 되게 했고 돌팔매질의 과녁이 되게 했고, 그리고 진흙탕과 질병의 화살에 시달리도록 했답니다.

인간이여, 나는 희망 없는 짐승이지만 나는 나와 당신의 형제들 사이에는 비슷한 점이 있다는 것을 발견했습니다. 그것은 그들이 자기의 몸을 더는 지탱하지 못할 정도로 약해졌을 때입니다. 나는 마치 젊었을 때는 자기들의 나라를 위해서 전투하고 중년에는 이 땅을 풍요하게 만들며 생애의 겨울이 오면 가치가 감퇴되어 내동댕이쳐지고 잊혀버리는 군인과 비슷한 처지입니다. 나는 마치 사랑스러운 처녀일 때는 젊은 이의 마음을 기쁘게 하고 어린아이를 길러 그들을 미래의 성년으로 키우는 아내처럼 밤을 지새우는 여인과 같습니다. 그여인은 늙어가자 무시당하고 잊혀버렸지요……. 인간이여, 그대는 얼마나 잔인한가요, 얼마나 가혹한가요!"

그 짐승의 눈빛은 그렇게 이야기했다. 내 가슴은 그것을 이해했고 나의 영혼은 개에 대한 연민과 인간의 자손들에 대한 사색 사이에서 흔들리고 있었다. 그리고 그 짐승이 눈을 감았을 때 나는 그를 방해하지 않으려고 그 장소를 떠나버렸다.

시인
The Poet

그는 이승과 내세를 잇는

하나의 고리.

목마름을 위한 향기로운 물이 있는 연못.

아름다움의 강가에

심어진 한 그루 나무.

굶주린 마음들이 찾는 잘 익은 열매들을 기르는 나무.

언어의 가지를 따라

희망을 노래하는 한 마리의 새.

모든 만물을 부드러움과 감미로움으로 채워주는

가락을 지저귀는 새.

저녁 무렵 하늘에 떠 있는 하얀 구름.

하늘을 채우기 위해 솟구쳐 오르고

그다음 인생의 들판에 핀 꽃들 위에

그 축하금을 뿌려준다.

신들의 방식을 인간에게 가르치려고

신들이 보낸 하나의 천사.

어둠으로도 정복되지 않는 빛나는 한 점의 불빛.

어떤 것으로도 감추어지지 않고

아스타르테가 기름을 채웠고

아폴로가 불을 붙여준 등불.

홀로

그는 단순함의 옷을 입고

부드러움을 마음에 품고 있다.

그는 창조하는 것을 배우고자 **대자연**의 무릎에 앉아 있고

영혼의 강림을 기다리며

밤의 고요함 속에 깨어 있다.

감정의 정원에 심장의 씨앗을 뿌린 농사꾼.

그곳에서 씨앗들은

창고에 모아둘 수확물을 낸다.

시인이란 당대에는 사람들에게 주목받지 못하는 것,

그리고 자신의 하늘의 거처로 되돌아가기 위해

이 세상을 떠남으로써 알려지는 것.

세상의 사람들에겐 단지 작은 미소만을 바라는 사람이 시인이다.

시인의 숨결은 피어올라

아름다움이 살아 있는 환상으로 하늘을 가득 채운다.

그러나 사람들은 시인에게 생계와 은신처를 허락하려 하지 않는다.

오 인간이여, 언제까지,

오 존재여, 언제까지,

피와 흙을 빚어 만드는 시인들을 위해

명예의 집을 지어줄 것이며

평화와 휴식처를 주는 시인들을 피할 것인가?

언제까지 당신들은 살인과 압제의 멍에 밑에

목을 굽히게 하는

저들을 찬양할 것인가?

밤의 암흑 속으로 눈빛을 쏟아부어

그대들에게 대낮의 찬란함을 보여주려고 하는
시인들을 잊어버릴 것인가?
그들의 생애는 불행 속으로 지나가고
그 행복과 기쁨은 그대 곁에 머물지 않는데.

그리고 그대, 오 시인들이여,
삶 중의 삶이여.
그대는 사람들의 폭정에도
시대를 정복했다.
그리고 미망의 가시덤불에서
월계관을 얻었도다.
그대는 사람들의 마음을 정복한 제왕이며
그대의 왕국에는 꽃이 없도다.

아기 예수
The Child Jesus

어제 나는 이 세상에 홀로 있었습니다. 오, 사랑하는 이여, 나의 외로움은 마치 죽음처럼 무자비했어요. 나는 마치 막강한 바위들의 그림자 속에 자라나는 한 송이 꽃처럼 외로웠으나 삶은 나의 존재를 눈여겨보지도 않았습니다. 그리하여 나도 삶의 존재를 거들떠보지 않았지요.

오늘 나의 영혼이 깨어나서 옆에 서 있는 당신을 바라보니 당신 영혼의 표정이 밝게 빛나고 있군요. 영혼은 목동이 타오르는 숲을 바라볼 때처럼 그대 앞에 엎드렸습니다.

어제는 공기의 감촉이 딱딱하고 햇빛도 약했지요. 안개가 땅의 얼굴을 가렸고 파도의 부르짖음은 울부짖는 폭풍 같았습니다.

이런 식으로 바라보았기에 나는 내 옆에 서 있는 고통에 잠긴 나 자신만을 바라보았지요. 그리고 어둠의 그림자가 내 주

위에 마치 굶주린 까마귀처럼 치솟다가 떨어져 내렸습니다.

오늘 공기는 투명하고 삼라만상은 햇빛으로 가득 차고 바다의 파도는 평화로우며 구름은 흩어졌습니다. 어디에서나 나는 당신을 바라보며 그대 주변에 마치 호수의 잔잔한 얼굴 위에서 목욕하는 새가 내던지는 빛나는 물보라 같은 삶의 비밀이 어린 것을 바라봅니다.

어젯밤 나는 마음속에 깃든 목소리 없는 한마디 말이었습니다. 그러나 오늘 나는 대낮의 혀를 가진 환희에 찬 노래가 되었습니다. 그리고 이것은 하나의 눈짓이나 한마디 말, 한 번의 한숨이나 한 번의 입맞춤을 이루는 한순간에 지나가버립니다.

내 사랑이여, 그런 순간은 내 영혼의 과거를 미래와 결합해줍니다. 그것은 마치 어두운 땅속에서 대낮의 햇빛 속으로 피어오르는 한 송이 백장미 같습니다.

그 순간은 내 삶에 있어서 마치 그 시대에 예수의 탄생과도 같은 것이었습니다. 왜냐하면 그 순간은 영혼과 순수와 사랑으로 가득했기 때문입니다. 그것은 내 심연 속의 어둠을 빛으로 만들어주었고 절망을 좋은 행운으로 뒤바꾸어주었으니까요.

사랑의 불은 다양한 모습으로 하늘에서 내려오지만 땅 위에 찍히는 표지는 한 가지입니다.

한 인간의 가슴 모서리를 밝혀주는 작은 불꽃은 민족의 어둠을 밝히려고 하늘에서 내려온 위대한 밝은 불꽃 같은 것입니다. 왜냐하면 한 영혼 속에 깃든 요소들과 욕망과 감정은 온 인류의 영혼 속에 깃든 것과 조금도 다르지 않기 때문입니다.

내 사랑이여, 유다의 자손들은 다른 민족들의 속박에서 벗어나고자 태초부터 전능하신 분의 강림을 기다려왔습니다.

그 위대한 영혼은 주피터와 미네르바를 숭배하는 그리스에서 어떤 가치도 보지 못했으며 아무런 만족을 줄 수 없다는 것을 알았습니다.

그리고 로마에서는 숭고한 사상으로 여겨졌지만 아폴로의 신성함은 인간적 감정에서 멀리 떨어져 있다는 것을 발견했습니다. 그리고 비너스의 초시간적인 아름다움도 낡은 세대의 것임을 발견했습니다.

그 민족들은 그 원인을 이해하지 못한 채로 물질을 초월하는 사건들 속에서 가르침에 대한 영혼의 굶주림을 느꼈습니다. 그리고 그들은 태양의 빛과 삶의 아름다움을 이웃과 함께 기뻐하도록 가르쳐주는 육신의 자유가 아닌 다른 자유를 갈망했습니다.

진실로 공포나 전율 없이 보이지 않는 힘에 인간을 가까이 이끄는 것이 자유이기 때문이지요.

이 모든 것은 무려 2천 년 전에 일어난 일입니다. 인간이 가슴에 지닌 열망이 보이는 물질들 사이에서 우왕좌왕하고 우주적 영혼인 불멸의 존재에 가까이 가기를 두려워하던 때의 일입니다. 숲의 신인 판이 목동의 영혼을 두려움으로 채우고 태양의 신인 바알이 자신의 사제들로 하여금 신분이 낮고 비참한 사람들의 가슴을 억누르게 하던 때의 일이지요.

어느 날 밤, 아니, 한 시간 한 순간이 모든 시대에서 분리되었습니다. 왜냐하면 그것은 모든 시대보다 훨씬 강력했기 때문이지요. 성령의 입술이 열리고 성령과 더불어 시작되는 삶의 언어가 입술들에서 흘러나왔습니다.

삶의 언어는 별빛 달빛과 더불어 강림해서 한 여인의 팔 안에 안긴 어린아이의 형상을 취했습니다. 양치기들이 자기의 양 떼들을 밤의 위험에서 보호하는 소박한 장소였지요.

구유의 마른 건초 위에 잠든 한 아기가 있었습니다.

속박의 무게로 마음이 답답한 군주가 왕좌에 앉아 있었어요. 그 영혼은 성령에 굶주려 있었고 사색은 지혜를 갈구하고 있었지요.

어머니의 옷에 감싸여 있던 한 어린아이가 주피터의 손아귀에서 왕권을 부드럽게 빼앗아서 양 떼들과 함께 땅 위에서 쉬고 있는 가난한 목자에게 전해주었습니다.

미네르바에게서 지혜를 빼앗아 호숫가에 있는 자신의 배 안에 앉아 있던 비천한 어부의 혀 위에 옮겨놓은 것도 바로 그 아기였습니다.

그는 자신의 슬픔을 통해 아폴로에게서 기쁨을 추출해냈고 문 앞에서 애원하며 서 있는, 마음이 부서진 사람들에게 기쁨을 허락했습니다. 자신의 아름다움을 통해 비너스에게서 아름다움을 빼앗아 자신의 지배자들을 두려워하던 타락한 여인들의 영혼 속에 심어주었습니다.

권력의 자리에서 바알을 낮은 곳으로 끌어내리고 이마에 땀을 흘리며 들판에 씨앗을 뿌리는 가난한 농부들을 그 자리에 앉힌 사람도 그 아기였습니다.

사랑하는 이여, 이스라엘 민족이 지난날 겪었던 고통이 나의 고통이 아니겠습니까?

나는 밤의 고요함 속에서 나를 나날의 속박에서 해방해줄 구세주의 강림을 기다려오지 않았던가요?

나는 영혼의 깊은 굶주림을 가진 옛날의 민족들을 알고 있지 않은가요?

나는 이상한 장소에서 길을 잃은 어린아이처럼 삶의 길 위를 걷지 않았던가요? 나의 영혼은 바위에 뿌려진 씨앗처럼 새 떼들이 쪼을 수도 없고 파괴할 수도 없으며 어떤 폭풍우도 쪼개지 못하고 생명을 꽃피울 수도 없는 것이 아니었던가요?

이 모든 것은 나의 꿈이 어두운 모퉁이만을 찾고 빛 가까이 가는 것을 두려워했을 때 생긴 일이었습니다.

그런데 어느 날 밤, 아니 어느 시간, 아니 어느 순간이 내 삶의 세월들을 폐기해버렸습니다. 왜냐하면 그 순간이 내 삶의 모든 시간보다도 아름다웠기 때문입니다. 성령이 높은 곳에서 빛의 소용돌이를 이루며 나에게 강림했고 당신은 눈동자를 들어 나를 바라보면서 당신의 언어를 말했습니다. 바로 그 바라봄과 언어에서 사랑은 싹터 내 부서진 마음속에 휴식처를 찾았습니다.

전능한 사랑이 내 가슴의 구유 속에 깃들었고 아름다운 사랑이 자비로운 옷으로 나를 감쌌습니다.

영혼의 가슴 위에 그 부드러운 아기가 누워 나의 슬픔을 기쁨으로, 나의 불행함을 영광으로, 나의 외로움을 즐거움으로 바꿔주었습니다.

고귀한 본질의 왕좌 위에 한 왕이 높이 올라 내 죽은 시간들에게 그의 목소리로 생명을 주고 눈물 흘리는 내 눈동자를 만져 빛을 주었습니다. 그의 오른손은 절망의 구렁텅이에서 희망을 움켜잡고 있었습니다.

사랑하는 이여, 밤은 길었으나 이제 새벽이 가까웠습니다. 곧 낮이 될 것입니다. 아기 예수의 숨결은 하늘을 채우고 공중에 가득 찼습니다.

내 인생은 비통한 고뇌의 이야기이지만 이젠 환희로 물든 것이 되었습니다. 이제 나의 삶은 축복으로 변했습니다. 아기 예수의 두 팔이 내 심장을 감싸고 내 영혼을 껴안았기 때문입니다.

영혼의 결합
Communion of Spirits

깨어나라, 내 사랑이여, 깨어나라!

내 영혼은 분노하는 바다의 너머에서 그대를 부르고 있다.

거품 이는 화가 난 파도 위에서 내 영혼은 날개를 활짝 펴
고 있다.

깨어나라, 모든 것이 조용하다.

말발굽 소리와 행인들의 발소리도

잠잠해졌다.

잠이 사람들의 영혼을 감싸고 있다.

그러나 나만 홀로 깨어나 있다.

잠이 나를 삼켜버리려 할 때 그리움이 나를 붙잡았기 때문
이다.

환상이 나를 멀리 보낼 때도

사랑이 나를 그대 가까이 이끌기 때문이다.
나는 의자에서 일어났다, 사랑이여,
이불 아래 감추어진 안락의 그림자가 두렵기 때문이다.
나는 책도 던져버렸다.
내 한숨이 책장 위에 써 있는 구절들을 지워버려
책장이 하얗게 텅 비어버릴까 두려웠기 때문이다.

사랑하는 이여, 깨어나라, 깨어나라, 그리고 나의 말을 들
어다오.

여기 나를 바라보라, 사랑이여,
나는 바다 건너 당신의 부름을 들었고
당신의 날개가 스침을 느꼈다.
나는 풀밭을 걷기 위해 침대를 떠났고
밤이슬은 내 발과 옷자락을 적셨다.
꽃핀 편도 나무 아래 그대 앞에 서서
그대의 부름 소리를 듣고 있는 나를 바라보라.

이제 이야기하라, 내 사랑하는 이여,

레바논의 골짜기에서 나를 향해 불어오는 바람에 당신의 숨결을 얹으라.

말하라, 나를 빼놓고는 아무도 그대의 말들을 듣지 않으니.

밤은 삼라만상을 잠 속에 몰아넣었고

도시에 사는 사람들은 모두 잠에 취해 있다.

나 혼자 깨어 있는 것이다.

하늘은 달빛으로 너울을 짜서

레바논의 윤곽 위에 던져놓았다.

하늘은 밤의 어둠으로 외투를 맞춰 입고

공장의 연기와 죽음의 입김으로 선을 그렸다.

그리고 하늘은 도시의 뼈다귀들을 그 옷깃 속에 감추었다.

마을 사람들은 버드나무와 호두나무 숲 속에 있는

오두막 속에 잠들었으며

그들의 영혼은 꿈의 나라로 급히 향하고 있다, 내 사랑이여.

사람들은 황금의 무게로 몸이 굽었고

탐욕은 무릎을 허약하게 했다.

골칫거리와 초조함으로 그들의 눈은 무거워져

그들은 침대 위에 몸을 내던져버렸다.

불행과 절망의 망령들로 그들의 가슴은 고통을 겪고 있다.

과거의 유령들은 골짜기를 걷고 있고

하늘 위에선 왕들과 예언자들의 혼령이

방랑하고 있다.

내 생각은 기억의 장소들을 더듬으면서

칼데아의 권능과 아시리아의 자만심,

아라비아의 고귀함을 나에게 보여주었다.

좁은 길 위엔 강도들의 어두운 그림자가 거닐고

벽들의 갈라진 틈 속에서는 색정적인 독사가 대가리를 치

켜들고 있다.

길모퉁이엔 병든 자의 숨결이

죽음의 고통과 뒤섞여 있다.

기억은 망각의 커튼을 찢어 제껴

나에게 소돔과 고모라의 혐오감을

보여준다.

나뭇가지들은 흔들리고, 사랑이여,

잎사귀들의 사각거림은

골짜기에 있는 개울물의 웅얼거리는 소리와 뒤섞여

우리의 귀에

솔로몬의 노래와 다윗의 수금의 선율을

모실리*가 만든 가락과 함께 들려주는 듯하다.

집 안에 있는 아이들의 영혼은 전율하고

굶주림은 그들을 물어뜯는다.

그들의 어머니들은 불행과 근심에 잠겨

침대 위에 번뇌하면서 누워 있고

필요한 것에 대한 꿈들은

게으른 사람들의 가슴을 겁에 질리게 한다.

울음과 부르짖음으로 육신을 가득 채우는

깊은 탄식 소리와 쓰라린 한숨 소리를 나는 듣는다.

백합과 수선화의 향기는 솟구쳐

재스민의 향내와 입맞추고

삼나무의 감미로운 숨결과 합쳐져

---

* 이삭 알-모실리(Ishak al-Mausili, AD 767~850) : 아라비아의 유명한 음악가.

언덕과 꼬불꼬불한 길들의 너머로 산들바람을 타고 간다.

사랑으로 영혼을 가득 채우며

공중으로 날아가려는

그리움을 허락하면서.

좁은 길에서 올라오는 추악한 악취는

질병과 병폐와 섞여

마치 숨겨진 날카로운 화살들처럼

감각을 상처 입히고 깨끗한 공기를 독으로 물들인다.

아침이 온다, 사랑하는 이여,

잠에 빠진 사람들의 눈동자를

손가락으로 어루만져 깨우면서.

보랏빛 햇빛들이 언덕 위에서 솟아올라

삶의 찬란함과 힘을 덮고 있던

밤의 휘장들을 찢어 젖힌다.

골짜기의 어깨 위에서 고요함과 평화로움에

잠겨 쉬고 있던 마을들도 깨어난다.

교회 종소리가 찬미를 울려 퍼뜨리며

기도의 시간이 다가왔다고

유쾌한 소리로 허공을 가득 채운다.

동굴들은 메아리로 그 종소리들을 되울려준다.

마치 모든 대자연이 기도 속에 서 있는 것 같다.

송아지들이 외양간에서 나오고

양 떼와 염소들도 우리를 나선다.

그들은 목초밭으로 가서

이슬이 함빡 묻은 반짝이는 풀들을 먹는다.

그들 앞에선 목동들이 피리를 불며 걸어가고

그들 뒤엔 처녀들이 새들과 함께

아침이 오는 것을 기뻐하고 있다.

아침은 왔다, 사랑하는 이여,

혼잡한 집들 위엔

하루의 무거운 손이 놓인다.

커튼들이 유리창에서 다시 벗겨지고

문들이 활짝 열린다.

지친 눈과 고뇌 어린 얼굴들이 나타나고

절망에 잠긴 영혼들은 일하러 나간다.

그들의 몸속에는 졸음이 삶과 나란히 깃들어 있으며

공포와 비참함의 그림자가

마치 비틀거리는 것처럼

그들의 핍박받은 얼굴에 걸터앉는다.

탐욕스런 영혼들이 급히 서둘러 가는, 혼잡으로 신음하는

거리를 보라.

대기는 쇠붙이 철컥이는 소리와 바퀴 구르는 소리,

증기기관차의 기적 소리로 가득 차 있다.

도시는 강자와 약자가 싸우고

부자가 가난한 자의 노동을 착취하는 전쟁터가 되었다.

사랑하는 이여, 삶이란 얼마나 아름다운가요!

시인의 가슴처럼

빛과 영혼으로 가득 차 있습니다.

사랑하는 이여, 삶이란 얼마나 잔혹한가요!

악한의 가슴처럼

죄악과 공포로 가득 차 있군요.

오, 바람
O Wind

어떤 때는 노래하며 기뻐하고 어떤 때는 울면서 탄식하는 당신.

우리는 당신을 듣지만 보지는 못한다. 우리는 당신이 있음을 느끼지만 당신을 보지는 못한다.

그대는 사랑의 바다처럼 우리의 영혼을 잠기게 하지만 우리를 익사시키지는 않는다. 그리고 그대의 고요 속에서 우리의 심정과 유희한다.

그대는 높은 곳으로 오르고 골짜기로 내려가며 들판과 초원으로 퍼진다.

그대의 상승에는 힘이 있고 그대의 하강에는 우아함이 있다.

그대는 약한 자와 비천한 자를 정의롭게 다룰 줄 아는 자비로운 지배자 같아서 강자와 힘센 자에게는 자만심을 내보인다.

가을에 그대는 골짜기에서 한숨 짓고 나무들은 그대와 함께 울며 한숨 짓는다.

겨울에 그대는 고함치며 으르렁거리고 모든 대자연도 그대와 함께 포효한다.

봄에 그대는 약해지고 병들어 그대의 연약함 속에서 들판은 잠을 깬다.

여름에 그대는 고요함의 수의를 걸치며 우리는 태양의 창에 살해되어 열기 속에 매장된 그대를 죽었다고 잘못 알게 된다.

가을날 그대는 혹시 탄식을 한 것인가, 아니면 당신이 발가벗긴 나무들의 부끄러움을 비웃은 것인가?

겨울날 그대는 화가 난 것인가, 아니면 눈으로 덮인 밤의 묘지를 춤추며 배회한 것인가?

그리고 봄날 그대는 병든 것인가, 아니면 그대는 멍하게 병든 사랑에 빠진 사람인가, 계절의 젊음인 사랑하는 자를 잠에서 깨우기 위해 그의 뺨에 한숨 쉬며 숨결을 부는 것인가?

여름날 그대는 죽은 것인가? 아니면 과일들의 심장 속에서 잠들었거나 포도 덩굴 속이나 타작 마당에서 잠든 것인가?

그대는 시가지에서 질병을 묻혀오고 높은 곳에서 꽃의 영혼을 묻혀온다.

그리하여 위대한 영혼들은 침묵 속에서 삶의 고뇌를 실어 나르고 침묵 속에서 우리는 기쁨을 만나리라.

그대는 장미의 귀에 그녀가 이해하는 놀라운 비밀들을 중얼거린다. 때때로 그녀는 괴로워하고 때로는 웃음 짓는다. 그와 같은 방법으로 신들은 인간의 영혼에 행한다.

여기에서 당신은 머뭇거리고 거기에서 당신은 서두른다. 어딘가로 당신은 달려가지만 머무르지는 않는다. 인간의 생각 역시 그래서 움직임으로 살다가 휴식 속에서 죽는다.

물의 얼굴 위에 당신은 시를 쓰고 그다음 그것들을 지워 없앤다. 낭송하는 시인들도 그와 같다.

남쪽에서 그대는 사랑처럼 뜨겁게 오고
북쪽에서 그대는 죽음처럼 차갑게 온다.
동쪽에서 당신은 영혼의 애무처럼 부드럽게 오고
서쪽에서 그대는 증오하는 사람처럼 난폭하게 밀어닥친다.
그대는 노인처럼 변덕스러운가, 아니면 그대의 신앙을 우리에게 주려고 오는 하나의 사도인가?

당신은 분노에 차서 사막을 가로지르고 대상(隊商)들을 발 아래로 짓밟아 그들을 모래의 무덤 속에 매장해버린다.

당신은 나뭇잎 사이를 뚫고 가는 여명의 햇살의 홍수를 감 추고 있는가?

꽃들이 그대의 사랑에 몸을 기울이고 초목들이 황홀에 흔 들리는 골짜기 속을 당신은 꿈처럼 지나가는가?

당신은 바다에 내려 공격하고 바다 깊은 곳의 평화를 휘젓 고 다닌다. 그러면 바다는 분노에 차서 솟구쳐 오르고 입을 크게 벌려 배들과 인간들을 삼켜버린다.

그렇다면 당신은 집들 사이를 달리며 어린애들과 놀던 그 온화한 친구가 아닌가?

당신은 우리의 영혼과 마음과 한숨을 어디로 급히 데려가 는 것인가?

당신은 우리의 미소를 어디로 싣고 가는가? 우리 마음의 타오르는 햇불들을 싣고 날아가면서 당신은 무엇을 하는가?

황혼의 너머, 이승의 너머 어딘가로 당신은 그것들을 데리 고 가는가? 아니면 머나먼 동굴 속으로 제물처럼 끌고 들어 가 그 햇불들이 희미하게 죽을 때까지 여기저기로 불어대고 있을 것인가?

밤의 고요함 속에서 마음은 그 비밀들을 열어 보이고 동틀 무렵 깜박이는 눈꺼풀은 눈을 어둡게 한다.

그대는 마음들이 느끼는 것과 눈동자들이 본 것들을 잊지 않고 있는가?

당신의 날개 사이엔 가난한 자들의 공포의 외침과 고아들의 울부짖음, 그리고 신음하는 여인의 탄식이 가득하다.

당신의 옷주름 속에 이방인은 자신의 그리움을 의탁하고 버림받은 사람은 자신의 슬픔을, 타락한 여인은 영혼의 울부짖음을 의탁한다.

당신은 이 남루한 사람들의 신뢰를 지켜주는 자인가?

당신은 이 외침과 아우성 소리와 흐느끼는 소리를 듣는가? 아니면 내뻗친 손들을 외면하고 외치는 소리를 듣지도 않는 인간들 속의 권력자와 같은가?

애인의 귀향
The Lover's Return

밤이 내리자 적은 도망을 쳤고 그들의 몸은 칼에 찢기거나 창으로 꿰뚫어져 있었다. 승리자들은 영광의 깃발을 높이 들고 돌아왔다. 그들의 말발굽 소리가 들리자 승리를 찬미하는 노래가 마치 쇠망치로 두들기는 것처럼 골짜기의 바위들을 울렸다.

그들은 협곡을 내려다보았는데 그때 달이 강물의 하구 뒤에서 떠오르고 있었다. 거대하게 치솟은 바위들은 군중의 영혼과 함께 솟구쳐 올라 나타났고 삼나무 숲은 과거의 시대가 레바논의 가슴에 달아주었던 영예의 훈장처럼 모습을 드러냈다.

그들은 행진을 계속했고 달빛은 무기 위에서 번쩍였으며 먼 곳에 있는 동굴들은 그 찬미 소리를 반향하고 있었다. 오르막길의 발치에 이르렀을 때 말의 울음소리가 들려 그들은 행진을 멈추었다. 짐승은 마치 바위들이 자기를 상처 입히기라도 하는 것처럼 회색빛 나는 바위들 사이에 서 있었다. 말이 우는 이유를 알아보려고 사람들이 다가갔고 그들은 한 시인이 피와 흙으로 뒤범벅이 되어 쓰러져 있는 것을 보았다. 대장이 무리를 향해 소리쳤다.

"그 사람의 칼을 내게 보여다오. 칼을 보면 그 주인을 알 수 있다."

기마병 몇 명이 말에서 내려 그 시체를 둘러쌌다. 잠시 후 그들 중 한 사람이 머리를 들고 대장을 바라보며 거친 목소리로 말했다.

"그의 손가락이 칼자루를 움켜쥐고 있어서 칼을 빼낼 수가 없습니다."

다른 병사가 말했다.

"칼이 피범벅이 되어서 어떤 금속으로 만든 칼인지 볼 수가 없습니다."

세 번째 병사가 말했다.

"피가 손과 칼자루에 엉겨 붙고 칼날이 팔에 꽉 붙어서 한 덩이가 되어버렸습니다."

그 말을 들은 지휘관이 말에서 내려 죽은 남자의 곁으로 가서 말했다.

"그의 머리를 들어올려라. 달빛에 얼굴을 비춰보라."

병사들은 서둘러 그의 명령에 따랐고 죽은 병사의 얼굴은 죽음의 너울 뒤에서 모습을 드러냈다. 그 모습은 건장해 보였고 용기와 대담성과 인내를 말해주었다. 그 병사의 얼굴은 소리 없이 자신의 남자다움을 이야기했다. 그 얼굴은 슬퍼하고 있는 듯 혹은 기뻐하고 있는 듯 보였다. 용기를 가지고 적을 직면했던 그 얼굴은 미소 지으며 죽음을 맞이했던 것이다. 레바논의 영웅인 그 얼굴은 바로 그날 전쟁터에 있었고 승리의 선봉장이었으나 자신의 동료들과 함께 승리의 노래를 부르지 못하고 죽었던 것이다.

병사들이 그의 투구를 벗기고 창백한 얼굴에서 전쟁의 먼지를 닦아냈을 때 지휘관은 고통스러운 목소리로 소리 질렀다.

"알…… 사아비의 아들이로군. 아, 가엾은 일이야!"

병사들은 그의 이름을 따라 부르며 한숨 지었다. 승리의 술에 취한 그들의 마음은 한 영웅을 잃어버린 것이 승리의 위대함과 영광보다도 큰일이라는 것을 보았고 순간적으로 냉정해졌다.

그들은 그 장면의 경악스러움 앞에서 마치 석상처럼 서 있었고 혀가 말라붙어서 말을 못했다. 죽음의 얼굴에 나타난 넋에 깃든 용감성이 그렇게 만든 것이었다. 흐느낌과 탄식이 여인들 사이에서 흘러나왔고 어린아이들은 울부짖고 소리내 어 울었다. 칼을 든 병사들은 단지 침묵과 놀라움 속에 서 있 을 뿐이었다. 그 침묵은 마치 독수리의 발톱이 먹이의 목덜미 를 움켜쥐고 있는 것처럼 강인한 영혼들을 움켜쥐고 있었다. 침묵은 흐느낌과 탄식 위에 떠올랐고 그 숭고함 속에서 불운 은 더욱 장엄하고 더욱 무시무시한 것이 되었다. 침묵은 그 위대한 넋을 견고한 산봉우리에서 골짜기 깊은 곳까지 내려 오게 했다. 침묵은 폭풍의 도래를 예언하고 있었다. 그러나 아직 폭풍우는 침묵보다 거대하고 강해지지 않은 때였다.

그들은 어디에 죽음의 손이 놓여 있는지 알고자 죽은 젊은 이의 옷깃을 젖혔다. 마치 거품을 물고 있는 입처럼 젊은이의 가슴 위에는 칼자국이 입을 벌리고 있었고 사나이들의 야심 의 밤을 고요히 말해주고 있는 듯했다. 지휘관은 무릎을 꿇 고 죽은 사람 옆에 앉아 시신을 자세히 살폈으며 황금빛 실 로 수놓은 손수건이 그의 팔뚝에 묶인 것을 보았다. 그는 그 손수건에 대해 곰곰이 생각했다. 왜냐하면 그는 그 비단을 잡 은 손과 비단 위에 수를 놓은 손가락들을 알고 있었기 때문이었다. 그런 뒤 그는 자신의 일그러진 얼굴을 감추며 떨리는 손가락으로 손수건을 옷자락 속에 숨기고 옷자락을 조금 여며주었다. 적군의 목을 끊던 바로 그 손이 이제 떨리면서 눈물을 닦아내는 것이었다. 전쟁터에서 용감하게 싸우다 죽은 한 소년의 팔에 감긴, 사랑하는 이의 손가락이 감아주었던 그 손수건의 끝을 만졌기 때문이었다. 이제 그는 죽었고 동료들의 어깨 위에 실려 그녀에게 돌아갈 것이었다.

대장의 영혼이 죽음의 공포와 사랑의 신비 사이에서 떠돌고 있을 때 병사 중 한 사람이 말했다.

"자, 그를 위해 저기 참나무 밑에 무덤을 파도록 합시다. 나무뿌리는 그의 피를 마시고 나뭇가지는 그의 유해를 먹고 더욱 무성해질 것입니다. 저 나무는 강인한 힘으로 자라 영원히 죽지 않을 것이며 그의 용감성과 용맹함을 이야기해주는 표지가 될 것입니다."

그러자 다른 사람이 말했다.

"아니, 그를 삼나무 숲으로 운반해서 교회 옆으로 데려갑시다. 그곳에서 그의 뼈는 마지막 심판의 날을 기다리면서 십자가의 그늘로 보호받으며 쉬게 될 것입니다."

그러자 또 다른 사람이 말했다.

"그의 피가 땅을 먹도록 여기 놓아둡시다. 그리고 그의 오른손에 칼을 놓아둡시다. 그다음 그의 옆에 창을 꽂아두고 그의 무덤 위에 그의 말을 죽여 놓아둡시다. 그의 무기들을 그대로 놓아두어 고독에 잠긴 그를 위안하도록 합시다."

"적의 피가 칠해진 칼을 묻지도 말고 곧 죽게 될 말을 살해하지도 맙시다. 힘차고 강한 팔뚝에 익숙해진 무기를 이 황무지에 버려두지 맙시다. 그보다 모든 것을 그의 친척들에게 갖다주어 훌륭한 유물이 되게 합시다"라고 누군가가 말했다.

그러나 또 다른 사람이 목소리를 높였다.

"그의 옆에 무릎을 꿇고 나사렛 사람의 기도를 올립시다. 그러면 하늘이 그를 용서하고 우리의 승리를 축복할 것입니다."

"아니요. 그를 어깨 위에 높이 메고 우리의 창과 방패로 그를 위한 영구차를 만듭시다. 그리고 계곡을 돌며 승리의 노래를 부릅시다. 그가 우리 적의 시체들을 보게 합시다. 그러면 무덤의 흙 속에 갇히기 전에 그의 상처의 입술이 웃음 지을 것입니다."

"그를 그의 말 위에 앉힙시다. 그리고 그를 적들의 두개골로 장식하고 창을 매게 해 승리의 진영으로 데려갑시다. 그는 많은 적군을 죽인 다음에야 죽었으니까요."

"자, 이제 산기슭에서 그에게 작별을 고하고 우리는 떠납시다. 동굴의 메아리가 그의 친구가 될 것이며 강물의 잔물결이 그의 위안자가 될 것입니다. 그의 뼈는 이 황무지 안에서 쉴 것이며 밤이 오는 부드러운 발소리를 들을 것입니다."

"그를 여기 두어서는 안 됩니다. 이곳은 황량함과 고독이 사는 곳입니다. 그보다는 마을의 묘지로 그를 옮겨갑시다. 거기에서 그는 우리 조상들의 영혼과 고요한 밤에 벗하며 이야기를 나눌 것이며 조상들은 그에게 자기들의 전쟁 이야기와 영광의 이야기들을 해줄 것입니다."

모든 지혜를 짜내서 그들은 이야기했다.

그때 지휘관이 일어나서 조용히 하라는 신호를 보냈다. 그는 한숨을 쉬며 말했다.

"그를 전쟁의 기억으로 괴롭히지 마라. 날아다니는 그의 영혼의 귀가 더는 창과 칼의 이야기를 듣지 않게 하라. 평화와 정적 속에 있는 그를 다시 그의 고향으로 데려간다는 것은 우리를 괴롭게 한다. 그러나 그곳에는 그의 귀향을 기다리는 한 사람이 있다. 한 처녀의 영혼이 살육에서 그가 되돌아오기를 기다리고 있다. 자, 그러니 그를 그녀에게 되돌려주자. 그녀는 그의 얼굴을 들여다보면서 그의 이마에 입맞춤을

할 것이다."

그리하여 그들은 어깨 위에 그를 떠메어 옮겼다. 그들은 머리와 눈동자를 아래로 떨구고 우울하게 나아갔다. 그들 뒤로는 그의 슬퍼하는 말이 고삐를 땅에 끌면서 걸어갔다. 때때로 말이 울면 동굴들이 메아리쳐 대답하기도 했다. 마치 동굴들이 심장을 지녀 극도의 슬픔으로 말에 공감하는 것 같았다.

그리하여 달빛으로 목욕한 골짜기 아래로 죽음의 행렬이 앞서 가고 그 뒤를 승리의 행렬이 따랐다. 사랑의 정령이 그 부러진 날개를 끌면서 그들을 인도해갔다.

죽음의 아름다움
The Beauty of Death

나를 잠들게 하세요, 내 영혼은 사랑에 취해 있으니까요.

나를 잠에 취하게 해주어요, 내 영혼은 많은 낮과 밤으로 포만해 있답니다.

불을 밝혀

내 침상 곁의 향로에 불을 지펴주세요.

내 육신 근처에

장미와 수선화 꽃잎들을 흩날려주시고 내 머리카락 위로 사향 향수를 뿌려주세요.

나의 발 위엔 좋은 향기가 풍기는

향수를 부어주세요.

그리고 바라보세요, 읽어주세요.

죽음의 손이 내 이마에 써놓은 것들을.

잠의 두 팔 깊숙이 나를 놓아두세요.

내 눈꺼풀은 피로하고 이처럼 깨어 있기가 힘이 듭니다.

수금과 류트를 켜서

그 은빛 현들의 메아리가

내 귀에 흘러내려 흔들리게 하소서.

피리와 플루트를 불어

그 투명한 선율로

내 가슴을 덮는 너울을 짜주세요,

내 가슴은 서둘러 끝을 향해 가고 있습니다.

나에게 루아의 노래를 불러주시고

그 황홀한 운율로

내 영혼을 위한 양탄자를 덮어주세요.

그리고 바라보아요, 내 눈동자를,

그대는 희망의 빛을 볼 것입니다.

이제 눈물을 닦으세요, 내 친구들이여,

새벽이 올 때 왕관을 높이 쳐드는 꽃송이들처럼

그대의 머리를 높이 들고

내 침대와 공허 사이에

빛의 기둥처럼 서 있는 죽음의 신부를 바라보세요.

잠시 숨을 멈추고 나와 함께 들어봐요,

그녀의 날개가 너울대는 소리를.

⚜

오세요, 내 어머니의 자식들이여, 나에게 작별을 고해요.

미소 띤 입술로 내 이마에 입을 맞추고

그대들의 입술로 내 눈꺼풀에 입을 맞춰주어요.

내 침대 가까이 아이들을 데려와

장미 꽃잎처럼 부드러운 그 손가락으로

내 머리를 애무하도록 해주어요.

노인들을 가까이 오게 해

마디 지고 시들어빠진 그 손가락으로

내 이마를 축복하도록 해주세요.

자비의 딸들을 오게 해

내 눈동자 속에서 신의 형상을 보게 하고

서둘러 내 영혼을 데려가는

그 영원한 선율의 메아리를 듣도록 하세요.

헤어짐

나는 이제 산꼭대기에 이르렀으며
내 영혼은 자유와 해방의 위쪽으로 날아오릅니다.
나는 어머니의 자식들에서 멀리, 아주 멀리 있으며
언덕의 얼굴은 안개 너머로 감추어졌습니다.
계곡의 공허는 침묵의 바닷속으로 가라앉고
길과 고갯길도 망각의 손길로 지워졌습니다.
초원과 숲은 봄날의 하얀 구름 같고
태양 광선처럼 금빛이며
저녁의 외투처럼 붉은 환각들 뒤로 감추어졌습니다.

파도의 노래는 잠잠해지고
들판을 흐르는 시냇물의 음악은 희미해지고
군중이 지르는 소리도 침묵에 빠집니다.
나는 이제 무한의 찬미가 외에는 들을 수 없고
영혼의 욕망에 흡수되고 있습니다.

안식

내 육신에서 아마포 수의를 벗기고
백합과 재스민 잎사귀를 입혀주세요.
이 상아로 된 작은 상자에서 내 유해를 꺼내
오렌지 꽃의 침대 위에 놓아주세요.
나를 위해 울지 마세요, 내 어머니의 자식들이여,
청춘과 환희의 노래를 불러주어요.
눈물을 흘리지 마요, 들판의 딸이여,
수확과 포도를 밟던 날들의 노래를 낭송해주어요.
내 가슴을 한숨과 흐느낌으로 덮지 말고
당신의 손가락으로 그려주어요,
사랑의 상징과 기쁨의 표상을.
대기의 안식을 사제의 찬송과 만가로
깨뜨리지 말고
불멸과 영원한 삶을 찬양하면서
나와 함께 당신의 가슴도 기뻐하도록 하세요.

통곡의 검은 옷을 입지 말고

하얀 의상을 입고 나와 함께 기뻐하세요,

나의 떠남을 슬프게 말하지 말고

눈을 감으면 당신은 당신 안에 있는 나를

지금 그리고 영원히 볼 것입니다.

나를 잎이 무성한 나뭇가지들 위에 눕히고

어깨 위에 높다랗게 올려

천천히 야생의 장소로 데려가주세요.

나를 묘지로 데려가지 마세요,

군중의 혼잡은 나의 안식을 방해하고

뼈와 해골의 바스락거림은 내 잠을 훔쳐가니까요.

나를 삼목 숲으로 데려가주세요.

그곳에는 바이올렛과 아네모네가 자라고 있으니

거기에 나의 무덤을 파주세요.

홍수가 나의 뼈를 골짜기로 휩쓸어가지 않도록

나의 무덤을 깊이 파주세요.

나의 무덤을 넓게 파주세요.

밤의 유령들이 나타나 내 곁에 앉을 수 있도록.

이 옷들을 던져버리고

발가벗은 채로 대지의 가슴속으로 가게 해주세요.

내 어머니의 가슴 위에

나를 부드럽게 내려놓으세요.

부드러운 흙으로 나를 덮고

잔디도 심고

야생 장미와 재스민 씨앗도 뿌려주세요.

내 무덤 위에 꽃을 피우고

육신의 원소들로 영양분을 섭취해

내 마음의 향기로움을

널리 퍼지게 할 것입니다.

그리고 내 안식의 비밀들을

높이 태양의 얼굴 안에 매달아놓고

서 있다가

미풍에 흔들리면서

지나가는 사람들에게

가버린 나의 그리움과 꿈을 이야기할 것입니다.

이제 나를 놓아주세요, 내 어머니의 자식들이여…….

나를 내 외로움 속에 혼자 내버려두고

조용한 걸음으로 떠나세요.

텅 빈 골짜기엔 고요함이 오고 있습니다.

나를 내 고독 속에 두고 떠나세요…….

나산*의 바람에 흩날리는

편도 꽃과 사과 꽃처럼 흩어지십시오.

당신들이 집으로 돌아가면

그곳에서 알게 될 것입니다.

죽음이

그대들과 나를

떼어놓을 수 없다는 것을.

이제 이곳을 떠나세요.

당신들이 찾고 있는 사람은 이승에서 멀리 있답니다.

---

* 4월.

어느 노래
A Song

내 영혼의 심연 속에는 어떤 말로도 옷 입힐 수 없는 하나
의 노래가 있습니다.

내 마음의 낱말 속에 살고 있는 그 노래는 잉크처럼 종이
위에 흘러나오지도 않습니다.

그 노래는 내 감정을 거미줄 외투로 감싸고 있어서

혀 위의 침방울처럼 굴러 나오지도 않을 것입니다.

내가 그 참된 공기를 두려워하고 있는데

어떻게 내가 그것을 한숨처럼 내뱉을 수 있겠습니까?

내 영혼이 아니면 살 곳이 없는 그 노래를

내가 누구에게 부르겠습니까?

나는 귀들의 사나움이 두렵습니다.

그대가 내 눈동자를 들여다본다면 그대는 그 노래의 영상

이 비침을 보았을 것입니다.

　그대가 내 손가락 끝을 스쳤다면 그대는 그 노래의 떨림을
느꼈을 것입니다.

　　호수가 빛나는 별들을 거울처럼 비춰주는 것같이
　　내 손이 한 작업들은 그 노래를 드러냈습니다.
　　이슬방울들이 따스한 기온으로 산화할 때에야
　　장미의 비밀을 선포하는 것처럼
　　나의 눈물은 그 노래를 드러낸답니다.

　　그 노래는 침묵으로 불리우고
　　함성으로 삼켜지며
　　꿈으로 음송됩니다.
　　깨어남으로 숨겨지는 하나의 노래.

　　사람들이여, 이것이 사랑의 노래입니다.
　　이삭*이 그것을 어찌 연주할 것이며

----
*　이삭 알-모실리.

글쎄요, 다윗이 그것을 어떻게 노래할까요?

그 향기는 재스민 향기보다 감미롭습니다.

어떤 목청이 그 노래를 노예로 만들 수 있을까요?

처녀의 비밀보다 더욱 귀중한 노래.

어떤 현악기가 그것을 말할까요?

누가 바다의 엄청난 외침과

밤꾀꼬리의 지저귐을 이어줄까요?

누가 어린아이의 한숨 소리와 울부짖는 폭풍을 이어줄까요?

어떻게 인간이 신들의 노래를 부를 수 있을까요?

파도의 노래
Song of the Wave

나와 해변은 연인입니다.

바람은 우리를 이어주기도 하고 헤어지게도 합니다.

내 은빛 물거품과 해변의 금빛 모래를 화합하고자

나는 황혼 너머에서 왔습니다.

나는 나의 물기로 해변의 타오르는 가슴을 차갑게 식혀줍

니다.

새벽이 오면 나는 내 연인에게

정열의 율법을 읽어주고

그는 나를 가슴에 끌어당깁니다.

저녁에 나는 그리움의 기도를 읊조리고

그는 나를 포옹합니다.

나는 불평이 많고 휴식을 모르지만

내 연인은 인내를 가지고 있습니다.

썰물 때가 오면 나는 내 사랑을 껴안고

물이 밀려오면 나는 그의 발치에 쓰러집니다.

바다의 딸들이 바닷속에서 나와

바위에 앉아

별들을 바라보고 있을 때

나는 바다의 딸들의 근처에서 얼마나 춤을 추었는지요!

그 아름다운 처녀들에게 그의 정열이 향하지 않도록

얼마나 신경을 썼던가요.

나는 한숨과 탄식으로 그를 거들기도 했습니다.

바위들이 춥고 적막할 때는

나는 그들을 위안하기도 했고

그들이 미소 짓지 않을 때면

나는 웃으면서 그들을 애무했습니다!

내가 얼마나 많은 사람을 바닷속에서 건져

그들에게 생명을 가져다주었던가요!

바닷속에서 얼마나 많은 진주를 훔쳐

아름다움의 딸들에게 가져다주었던가요!

모든 피조물이 잠의 환영을 껴안은

고요한 밤이면, 나는 홀로 깨어나

노래 부르고 한숨 짓기도 합니다.

아, 깨어 있음은 나를 파멸하지만 나는 사랑하는 사람이며

또한 사랑의 진리는 깨어남인 것입니다.

나의 생애를 바라보세요.

내가 살아온 것처럼 그렇게 나는 죽을 것입니다.

비의 노래
Song of the Rain

나는 신들이 하늘에서 내던진

은빛 실입니다.

자연은 골짜기를 치장하고자 나를 데리고 갑니다.

나는 아스타르테의 왕관에서 흩어져 내린

귀한 진주입니다.

아침의 딸이 들판을 아름답게 장식하려고 나를 훔쳤습니다.

나는 울고 작은 언덕들은 웃음 짓습니다.

나는 몸을 낮추고 꽃들은 높아집니다.

구름과 들판은 두 연인

나는 전령사처럼 서로의 소식을 전해줍니다.

들판의 목마름을 풍부하게 풀어주고
구름의 병을 치료해줍니다.

천둥의 목소리와 번개의 칼날은
내가 온다는 것을 알리는 통보자이며
무지개는 내 여행의 종말을 선언합니다.
그리하여 나는 죽음의 평화로운 손과 헤어져
분노의 발 사이로 들어가
지상에서의 삶을 이룹니다.

나는 호수의 심장에서 솟구치고
공기의 날개를 타고 날아가
초록 잎이 무성한 정원에 이릅니다.
거기에서 나는 내려가
꽃들의 입술에 입맞추고
그 나뭇가지들을 껴안습니다.

나는 고요함 속에서 부드러운 손가락으로
유리창을 두들깁니다.

그 소리는 느낌이 풍부한 영혼들에게만 알려지는 하나의
노래입니다.

나는 지구의 열로 창조되며
또한 나는 열의 살해자이기도 합니다…….
그렇듯이 여성은 남성에게서 가져온 힘으로 남성을 정복
합니다.

나는 바다의 한숨이며
하늘의 눈물,
들판의 미소입니다.
사랑도 그러합니다.
감정의 바다에서 생긴 한숨이며
사색의 하늘에서 흐르는 눈물이며
영혼의 들판이 짓는 미소입니다.

아름다움의 노래
Song of Beauty

나는 사랑의 안내인,

나는 영혼의 포도주,

나는 심장의 양식.

나는 한 송이 장미.

나는 새벽에 내 심장을 연다. 한 처녀가 나를 꺾어 입 맞추
고 가슴에 껴안는다.

나는 행복의 거처이며

기쁨의 원천.

안식의 시작.

나는 한 처녀의 입술 위에 떠오른 부드러운 미소.

젊은이가 나를 바라보면 그의 고통은 잊히고 그의 삶은 감

미로운 꿈의 무대가 된다.

나는 시인의 상상력이며

예술가들의 안내자,

나는 음악을 만드는 사람의 스승.

나는 자비로운 어머니가 바라보는

어린아이의 눈동자 속에 깃든 눈짓.

그 눈짓 앞에서 그녀는 기도하고 신을 찬미한다.

나는 아담에게 이브의 영상으로 나타나

그를 노예로 만들어버렸다.

나는 솔로몬에게 그의 연인으로 나타나서 그를 시인과 현자로 만들었다.

나는 헬렌에게 미소를 보냈으며

그리하여 트로이는 멸망했다.

나는 클레오파트라에게 왕관을 씌웠고 평화가 나일강에 깃들었다.

나는 운명과 같다.

오늘 내가 지은 것을
다음 날 파괴한다.
나는 신이다.
나는 소생시키기도 하고 죽음을 만들기도 한다.

나는 바이올렛 꽃의 한숨보다 더욱 가볍고
폭풍보다 더욱 강건하다.
오 인간이여, 나는 진실이며 정말 하나의 진실이다.

행복의 노래
Song of Happiness

인간은 나의 연인이며, 나는 인간의 연인이다. 나는 그를 그리워하고 그 역시 나를 그리워한다.

비애는 나이다. 왜냐하면 그의 사랑 속에서 나를 괴롭히고 그에게 고통을 주는 분배자이기 때문이다. 비애는 물질이라고 불리는 잔인한 여왕이다. 우리가 어디를 가든지 그녀는 우리를 찢어놓으려는 안내자처럼 따라다닌다.

나는 나무 아래나 연못가의 야생의 장소에서 연인을 찾지만 발견하지 못한다. 물질이 그를 유혹해 사람 떼와 부패와 비참함이 있는 도시로 데리고 가버렸기 때문이다.

나는 학교의 의자와 지혜의 사원에서 그를 찾아보았다. 그러나 나는 그를 발견하지 못했는데 그것은 속세의 옷을 입은 물질이 이기심의 벽이 쳐진 하찮은 일로 바쁜 사람들이 사는 곳으로 그를 데려갔기 때문이었다.

나는 그를 만족의 들판에서 찾아보았으나 발견하지 못했다. 나의 적들이 그를 갈망과 탐욕의 동굴에 가둬버렸기 때문이다.

나는 새벽 무렵 그를 외쳐 부르지만 그는 듣지 못한다. 왜냐하면 그의 눈동자는 허욕의 잠으로 굼뜨기 때문이다.

나는 침묵이 세상에 내리고 꽃들이 잠에 취한 밤에 그를 포옹한다. 그러나 그는 그것을 알아채지 못한다. 왜냐하면 내일의 일에 대한 그의 사랑이 그를 사로잡고 있기 때문이다.

나의 연인은 나를 사랑한다. 그는 나를 자신의 행위 속에서 찾고 있지만 신의 행동 외의 어느 곳에서도 발견하지 못할 것이다.

그는 약한 사람들의 해골로 지은 영광의 궁전과 은과 황금 속에서 나와 결합하길 바란다.

나는 사랑의 강둑 위에 신들이 지은 소박한 집에서가 아니면 그에게 만족할 수 없다.

그는 학살자와 압제자 앞에서 나를 포옹하려 하지만 나는 순결한 꽃송이들 사이의 고독 속에서만 그에게 내 입술을 허락할 것이다.

그는 자기와 나 사이에 속임수를 수단으로 하고 있지만,

나는 오직 죄악에서 자유로운 행위 외에 다른 중개자를 찾지 않는다.

나의 연인은 나의 적인 물질에서 혼잡과 법석을 배웠다. 나는 그의 영혼의 눈동자에서 절실함과 탄원의 눈물을 흘리는 것과 만족의 한숨을 쉬는 것을 그에게 가르칠 것이다.

나의 연인은 나의 것이며, 나는 그의 것이다.

꽃의 노래
Song of the Flower

나는 자연이 말한 하나의 낱말.
그런 다음 그녀의 가슴속으로 회수되고
숨겨진다.
금세 순간적으로 말해진다.
나는 푸른 하늘에서
푸른 양탄자 위로 떨어진 별.

나는 자연의 딸.
겨울에 옮겨져서
봄에 태어나고
여름에 자라나
가을엔 쉬기 위해 누여진다.

나는 연인들의 선물이며

혼례용 왕관.

죽은 자에게 바치는 산 자의 마지막 예물.

아침이 오면

나와 미풍은 함께 빛을 선포한다.

저녁이면 새와 나는 빛에게 작별의 말을 한다.

나는 평원들을 지배하며

그들을 치장해준다.

나는 대기에서 나의 향기를 뿜어준다.

내가 잠을 껴안으면

밤의 여러 가지 눈동자들은 오랫동안 나를 응시한다.

나는 하나의 낮의 눈동자를 찾기 위해 깨어남을 찾는다.

나는 이슬의 황홀함을 마시고

지빠귀들의 노래를 듣는다.

나는 풀잎이 외치는 음악에 맞춰 춤춘다.

나는 나의 영상을 바라보기 위해서가 아니라

빛을 바라보기 위해 항상 천상을 바라본다.

이것이 인간이 아직 배우지 못한 지혜다.

인간의 찬가
The Hymn of Man

나는 존재했고

나는 존재하고 있다.

나는 끝이 없는 존재이기에.

나는 시간의 끝까지 존재할 것이다.

나는 무한의 광막한 공간을 헤치고 환상의 세계로 날아가

천상 위에 있는 빛의 고리 가까이 다가갔다.

아직도 물질의 포로인 나를 보라.

나는 공자의 가르침을 들었고 브라만의 지혜를 들었으며

지혜의 나무 밑에 있는 부처의 옆에 앉아 있기도 했다.

이제 무지와 불신으로 싸우고 있는 나를 바라보라.

주님께서 모세에게 모습을 드러냈을 때 나는 시나이산에

있었다. 요르단 강가에서 나는 나사렛 사람의 기적을 보았다.

메디나에서 나는 아라비아의 사도가 하는 말을 들었다.

이제 의심의 죄수가 된 나를 보라.

나는 바빌론의 권력과 이집트의 영광, 그리스의 위대함을 보았다. 나의 눈은 그들의 업적들의 사소함과 빈곤함도 보았다.

나는 엔더의 마녀와 함께 앉았고 아시리아의 사제들과 팔레스타인의 예언자들과도 함께 앉았으며, 끊임없이 진리를 이야기했다. 인도에 전해 내려오는 지혜를 배우기도 했고, 아라비아 사람들의 가슴에서 샘솟는 시에 대해서도 정통하게 되었으며, 서구 사람들의 음악에 귀 기울이기도 했다.

그러나 나는 눈이 멀어 보지 못한다. 나의 귀는 막혀 듣지 못한다.

나는 결코 만족할 줄 모르는 지배자의 횡포를 견디어왔고 독재자의 압박과 힘 있는 자들의 속박을 느껴왔다.

이제 나는 시대와 싸울 만큼 강해졌다.

이 모든 것을 듣고 보아왔지만 아직도 나는 어린아이다. 나는 진실로 젊음의 행위들을 보고 들을 것이며 늙어가면서 완성에 도달하고 신에게 되돌아갈 것이다.

나는 존재했고

나는 존재하고 있다.

나는 끝이 없기 때문에

시간의 끝까지 존재하리라.

시인의 목소리
A Poet's Voice

1

용기의 힘은 내 가슴속 깊은 곳에 씨를 뿌리고, 나는 추수하고 곡식의 이삭들을 모아 그것을 다발로 묶어 배고픈 사람에게 준다.

영혼은 이 작은 포도나무를 소생시키고 나는 그 포도들을 압착해 목마른 사람에게 마시라고 건넨다.

하늘은 이 등잔에 기름을 채우고 나는 등불을 켜 밤길을 지나는 사람을 위해 내 집 창가에 놓아둔다.

내가 이런 일을 하는 것은 내가 그들의 옆에 살기 때문이며, 만일 나에게 대낮을 금지하고 밤이 내 손을 막는다면 나는 죽음을 찾을 것이다. 죽음은 자신의 조국에서 추방당한 예언자와 자신의 고향에서 망명한 시인에게 더욱 잘 어울리기 때문이다.

인류는 폭풍우처럼 혼란되어 있고 나는 침묵 속에서 한숨 짓는다. 태풍의 분노가 진정되고 시간의 심연 속으로 삼켜지지만, 한숨은 신의 영생 속으로 지속된다는 것을 보아왔기 때문이다.

인류는 백설처럼 차가운 물질에 집착한다. 나는 내 생명의 급소를 태우고 창자를 약하게 만들려고 내 가슴을 굳게 움켜쥐는 사랑의 불꽃을 찾는다. 물질은 고통 없이 인간을 살해하지만 사랑은 인간을 고통 속에서 부활시킨다는 것을 알고 있기 때문이다.

인류는 종파와 종족으로 나뉘어 있으며 국가와 영토에 속한다.

나는 내 자신이 어떤 땅에서는 이방인이며 어느 민족들 속에서는 국외자임을 보았다. 그러나 모든 땅은 나의 고국이며 모든 인간 가족은 나의 종족이다. 인간은 약하고 스스로 분열되어 있음을 알고 있기 때문이다. 지구는 좁은데 인간은 어리석게도 스스로 그것을 왕국과 공국(公國)으로 절단해놓는다.

인간은 영혼의 성지를 파괴하고자 모이고 육신의 사원들을 건설하도록 도와준다.

나는 홀로 비탄에 잠긴 채 서서 듣는다. 나는 내 안에서 희망의 목소리가 말하는 것을 듣는다.

"사랑이 진통으로 괴로워하면서 인간의 가슴에 생명을 주듯이 어리석음도 그와 같은 방법으로 지혜의 길들을 가르친다. 고통과 어리석음은 위대한 환희와 완전한 지식으로 인도한다. 왜냐하면 영원한 지혜는 햇빛 아래 헛된 것은 아무것도 창조하지 않았기 때문이다."

2

나는 비탄에 잠겨 홀로 서서 듣고 있었다. 그리고 나는 그곳에서 간절히 소망하면서 살아가는 사람들의 이야기를 듣는다.

그러나 자신의 국가에 대한 사랑 때문이라고 말하면서 내 민족이 칼을 들어 이웃 나라를 정복하고 재산을 약탈하며 남자들을 살해하고 어린아이들을 고아로 만들며 여인들을 과부로 만들고 그 나라 아들들의 피로 땅을 물들이며 먹이를 찾아 헤매는 야수들에게 그 청년들의 살덩이를 던져준다면, 나는 내 조국과 민족을 증오할 것이다.

내가 태어난 곳을 기억할 때면 정열이 타오르게 되고 내가 자라난 집에 대한 그리움에 빠져든다.

그러나 나그네가 음식물과 잠자리를 구할 때 그 집에 사는 사람들이 나그네를 내쫓아버린다면 나의 기쁨은 비탄으로 변할 것이며 나의 그리움은 위안이 되어 말할 것이다.

"진실로 필요한 사람에게 빵을 거절하고 쉴 곳을 구하는 사람에게 침대를 거절하는 집은 파괴되고 멸망하는 것이 마땅하리라."

나는 내 조국에 대한 사랑으로 내가 태어난 곳을 사랑한다.

나는 세계와 내 조국에 대한 사랑으로 내 나라를 사랑한다.

나는 내 모든 것을 다해 이 세상을 사랑하는데 이곳은 땅 위의 신성한 영혼인 인간의 목초지이기 때문이다. 성스러운 인간성은 땅 위의 성령이다. 인간성은 지금 누더기옷으로 알몸을 감싸고 야윈 두 뺨에 눈물을 흘리며 폐허 위에 서 있다. 그리고 슬픔과 비탄이 가득 찬 목소리로 아들들을 부르고 있다.

아들들은 전쟁의 찬가를 부르느라고 어머니의 부름을 듣지 못하고 번쩍이는 칼날의 현란함 때문에 어머니의 눈물을 보지 못한다.

인간성은 홀로 앉아 사람들에게 구원을 청하며 울부짖지만 아무도 신경 쓰지 않는다. 그러나 그들 중 한 사람이 다가와 눈물을 닦아주며 그녀의 번민을 위로하기도 한다. 그러면 다른 사람들은 말한다.

"그녀를 내버려두라. 비탄은 약한 자들을 슬프게 만들 따름이다."

인간성이란 땅 위에 존재하는 성스러운 혼령이다. 성스러움은 사랑에 대해 이야기하고 삶의 방법들을 가리키면서 국가들 사이를 걸어간다.

그리고 군중은 비웃고 그 말과 가르침들을 조롱한다. 옛날 나사렛 사람이 그 비웃음을 들었고 그것 때문에 그는 십자가에 못 박혔다. 소크라테스 역시 조롱을 당했고 사람들은 그가 독약을 마시게 했다.

오늘날 많은 사람은 나사렛 사람과 소크라테스의 말을 듣고 그들과 이야기를 나누지만 군중은 그들을 죽이지 못한다. 그러나 군중은 그들을 조롱하면서 "경멸이란 죽음보다도 가혹하고 쓰라린 것"이라고 말한다.

예수살렘은 나사렛 사람을 죽일 수 없다. 왜냐하면 그는 영원히 살기 때문이다. 아테네 사람은 소크라테스를 파멸하지 못한다. 그 역시 영원히 살기 때문이다.

조소와 경멸은 인간성을 믿으면서 신들의 발자국을 따라가는 사람들을 이길 수 없다. 그들은 영원히 살 것이기 때문이다.

3

그대는 나의 형제이며 우리는 우주적인 성령의 자식들이다.

그대는 나와 똑같으며 우리는 같은 진흙으로 만들어진 두 육체의 포로다. 삶의 길 위에서 그대는 나의 동반자이며 구름으로 가리워진 진실을 이해하는 데 있어서는 나의 조력자다. 그대는 인간이며 나는 그대를, 내 형제를 사랑한다.

그대가 원하는 것을 나에게 말하라. 내일이 오면 그대는 심판받을 것이고 그대의 말은 심판 앞에서 증거가 될 것이며 그 재판의 증언이 될 것이다.

그대가 원하는 것을 나에게서 가져가라. 그러나 그대는 정당한 권리가 있는 그대의 몫과 내가 탐욕으로 취한 것들 외에는 아무것도 빼앗아가지 못할 것이다. 그대가 그 계산에 만족한다면 그대는 그 금액을 가질 가치가 있다.

당신이 하고자 하는 것을 나와 함께 행하라. 왜냐하면 그대는 나의 실체를 만질 수 없기 때문이다.

내 피를 흘리게 하고 내 목을 꿰뚫는다 해도 그대는 내 영혼을 다치게 하지 못할 것이며 파괴할 수도 없으리라. 내 손과 발을 사슬로 묶어 나를 감옥 속 어둠에 던져놓으라.

그러나 그대는 나의 사상을 가두지는 못할 것이다. 왜냐하면 사상이란 무한하고 한계가 있는 우주를 뚫고 지나가는 바람처럼 자유로운 것이기 때문이다.

그대는 나의 형제이며 나는 그대를 사랑한다.

그대가 그대의 사원에 엎드려 있거나 교회에서 무릎 꿇고 있고 유대교 회당 안에서 기도하고 있을 때 나는 그대를 사랑한다.

그대와 나는 하나의 믿음 ─ 성령의 자식들이다. 그리고 그 많은 나뭇가지를 지배하는 우두머리로 선택받은 사람들은 성령의 완전함을 가리키는 신성한 손의 손가락과도 같다.

나는 그대를 사랑한다.

진실에 대한 그대의 사랑은 모든 사람의 마음에서 솟구치고 있기 때문이다. 나는 지금 눈이 멀어 그 진실을 볼 수 없지만, 나는 그 진실이 성령으로 만들어진 것이기에 그것을 성스럽게 여기고 있다. 그 진실은 언젠가 나의 진실과 만날 것이고 마치 꽃향기처럼 서로 합류할 것이며 한 덩어리로 굳게 뭉치고 사랑과 아름다움의 불멸성으로 영원해질 것이다.

나는 그대를 사랑한다.

나는 그대가 강하고 잔인한 사람들 앞에서 약하며, 부유하고 탐욕스런 자들의 궁전 앞에서 가난하고 궁핍하게 보인다는 것을 알았기 때문이다.

그리하여 나는 당신을 위해 흐느껴 울었다. 나는 내 눈물로 그대에게 미소 지으며 그대의 고통거리들을 비웃고 있는 정의의 두 팔 안에 그대가 안겨 있는 것을 보았다.

그대는 나의 형제이며 나는 그대를 사랑한다.

4

그대는 나의 형제다. 왜 그대는 나와 싸우려고 하는가?

왜 그대는 내 땅에 와서 그대의 말에서 영광을 보고 그대의 노고에서 기쁨을 찾는 그 사람들을 만족시키기 위해 나를 비하하려고 하는가?

어찌하여 그대는 죽음을 좇아 먼 나라로 가기 위해 아내와 어린 것들을 버리는가? 그대의 피로 명예를 사고 그대 어머니의 슬픔으로 높은 지위를 사려는 자들을 위해서인가? 전쟁터에서 그의 형제들과 싸우는 것이 고결한 짓인가?

그렇다면 카인의 모습을 떠올리며 하난의 찬가를 부르자.

형제여, 그들은 말한다. 자기를 보존하는 것은 대자연의 첫 번째 법칙이라고. 그러나 나는 보아왔다. 그들이 특권을 탐해 그대들에게 자기 전략을 명령하며 그대의 형제들을 더욱 쉽게 노예로 굴종시켜가는 것을.

그와 마찬가지로 그들은 존재에 대한 사랑이란 자신들의 권리를 다른 사람들이 강탈하는 것을 조장하는 것이라고 말해왔다.

그러나 나는 말한다. 다른 사람의 권리를 보호하는 것이야말로 인간의 행위 중에서 가장 고결하고 훌륭한 것이라고.

그리고 나의 존재가 다른 사람을 파멸하는 조건이 된다면 나는 말하리라, 나에겐 죽음이 더 달콤하리라고.

그리고 내 자신을 죽이는 길만이 명예롭고 사람을 사랑하는 길이 된다면 나는 기쁘게 내 스스로의 손으로 죽음의 시간이 오기 전에 영원으로 갈 것이다.

내 형제여, 자아에 대한 사랑이란 맹목적인 논쟁을 일으키고 그 논쟁이 투쟁을 낳으며 그 투쟁은 권위와 권력을 생기게 해 결국 이 모든 것이 경쟁과 억압의 원인이 되게 한다.

영혼은 지혜의 힘과 정의를 무지와 독재 위에 있는 것으로 본다. 그리하여 영혼은 쇠를 불려서 날카로운 칼을 만드는 세상이 무지와 부정을 퍼뜨리는 것을 거부한다.

바로 그 힘이 바빌론을 파괴하고 예루살렘을 무너뜨렸으며 로마를 비천하게 만들었다.

바로 그 힘이 피 흘리는 자와 군중이 위대하다고 말하고 작가들이 그 이름을 칭송하는 학살자들을 만들었다. 그리고 책들은 그들의 전쟁을 마치 그들이 순결한 피로 대지를 물들였을 때 대지가 그들을 땅의 등에 업어 옮겨준 것처럼 언급한다.

형제여, 도대체 무엇 때문에 당신은 당신을 속인 사람을 찬양하고 당신에게 해를 끼친 사람을 갈망하는가?

진실한 힘이란 정의와 자연법을 수호하는 지혜다.

살인자를 죽이고 강도들을 투옥하며 이웃들을 습격하고 몇천의 목숨을 죽이며 약탈하는 통치권의 정의로움이란 대체 어디에 있는가?

살육자들을 처벌하는 살인자와 약탈자들에게 복수하는 강도들에게 열광하는 사람들은 무엇을 말하고 있는가?

그대는 나의 형제이며 나는 그대를 사랑한다. 그리고 사랑이란 그 최고의 표현에 있어서 정의다.

그대에 대한 나의 사랑이 모든 나라에서 정의롭게 행해지지 않는다면 나는 단지 사랑이라는 황홀한 의상 밑에 이기주의의 죄악을 감춘 사기꾼에 불과하다.

끝맺는 노래

나의 영혼은 시대가 나를 무겁게 억눌러 올 때 나를 위안해 주는 친구다. 나의 영혼은 삶의 번뇌가 증가할 때 나를 위로해주기도 한다.

자신의 영혼에 대해 친구가 아닌 사람은 인간에 대한 적이다. 자신 속에서 친구를 발견하지 못하는 사람은 절망으로 죽는다. 왜냐하면 삶이란 인간 속에서 샘솟으며 인간이 없는 곳에서 나오지 않기 때문이다.

나는 이러한 말을 했고 앞으로도 말할 것이다. 내가 그 말을 하기 전에 죽어야 한다면 미래가 그 말을 하리라. 왜냐하면 미래란 영원의 책 속에 감추어진 비밀들을 그대로 버려두지 않기 때문이다.

나는 사랑의 찬란함과 아름다움의 빛 속에서 살고 있다.

삶 속에 있는 나를 바라보라. 사람들은 나를 내 삶에서 분리하지 못한다.

그들이 내 눈동자의 불을 꺼버린다면 나는 사랑의 노래와 아름다움과 환희의 선율을 들을 것이다. 그들이 내 귀를 막아버린다면 나는 아름다움의 향기와 사랑하는 사람들의 달콤한 숨결이 묻은 미풍의 애무에서 환희를 찾아낼 것이다.

내가 하늘을 부정한다면 나는 내 영혼과 더불어 살리라. 영혼이란 사랑과 아름다움의 딸이기에.

나는 모든 것을 위해 존재하며 모든 것 속에 존재한다. 내가 오늘 홀로 말했던 것들이 다가올 미래에는 사람들 앞에서 공공연히 선포될 것이다.

그리고 오늘 내가 나 홀로 말한 것들을 내일이면 많은 사람이 말하게 되리라.

젊은 영혼의 고백

산문시《예언자》의 저자로 우리에게 널리 알려진 칼릴 지브란의 처녀작《눈물과 미소》를 만나게 된 것은 옮긴이로서 커다란 기쁨과 행복이었다는 것을 먼저 고백하고 싶다.《눈물과 미소》는 지브란이 청년 시절에 쓴 초기 작품들과 파리에서 지내던 스물다섯 살 무렵에 쓴 산문시들의 모음이다. 동서양을 막론하고 낭만적인 젊은 시인들이 그러하듯 스물다섯 무렵의 지브란 역시 세상의 불의와 폭력에 대항하는 강인한 저항 정신과 불멸과 무한의 세계에 가득 찬 하얀 영원의 광채에 대한 청순한 동경으로 가득 차 있음을 이 책은 보여주고 있다.

"지브란에겐 신비주의자, 철학자, 종교가, 이단자, 평화주

의자, 반항아 등 수많은 상반된 명칭이 부여되고 있다"라고 지브란 연구가들은 지적한다. 지브란은 하나의 시인이라고 부르기에는 너무나 폭넓은 철학 세계를 지녔고, 하나의 철학자라고 부르기에는 인류에 대한 너무나 커다란 사랑에 차 있었으며, 또한 성자라고 부르기에는 너무도 날카로운 비판 정신이 앞섰고, 반항아라고 부르기에는 너무도 숭고한 영혼의 긍정을 지닌 사람으로 보인다. 그런 의미에서 그는 하나의 완전한 자아였고 완전한 예술가였다.

인류의 세계에는 때때로 이런 완전한 자아, 무한에 가까운 명상과 무한에 가까운 창조적 능력을 가진 사람이 나타나 인간이 신을 닮은 피조물이라는 당연한 사실을 증명해 보이곤 한다. 미켈란젤로나 다 빈치, 괴테나 윌리엄 블레이크, 그리고 지브란이나 금세기 최고의 성자라고 불리는 라즈니쉬 같은 희귀한 영혼들이 그런 깨달음을 준다.

인간은 포유류에 지나지 않는 동물이지만 포유류 이상의 어떤 존재라는 사실, 불멸의 영혼을 가진 반짝이는 신의 혈통이라는 사실을 되돌아보게 하는 것이다. 포유류에 불과한 타락한 인간들이 우리 주변엔 얼마나 많을까, 아니 대체 포유류의 욕망 외의 어떤 꿈을 우리는 아직 이 땅에서 지킬 수 있을까, 아니 인간이 먹고 마시고 자는 욕망만을 가진 포유류 이상의 존재라는 것은 사실일까 등의 시대적인 슬픈 질문에 지브란의 《눈물과 미소》는 많은 대답을 준다.

마치 달마의 입술에서 흘러나오는 언어처럼 지브란의 언어는 단순하면서도 사색적이고, 사색적이면서도 음악적이고, 아름답다. 키츠의 "아름다움은 진리요, 진리는 아름다움 (Beauty is truth, truth beauty)"이라는 시구가 그대로 들어맞는 달마의 예지와도 같은 이 책은 그동안 영웅주의의 충혈된 부정과 상업주의의 비속한 음성으로 오염된 독자들의 피로한 귀를 진실한 아름다움으로 성결하게 닦아주리라 믿는다.

칼릴 지브란은 그가 '영어로 이야기하는 달마' 같은 인상을 풍기는 것에 걸맞게도 동양과 서양에 걸친 두 세계의 삶을 살았다. 그는 1883년 12월 7일(혹은 1월 7일이라는 기록도 있다) 레바논의 베차리에서 태어났다. 그의 어머니는 첫 남편과 결혼해 브라질로 이민을 갔는데 거기서 첫 남편은 병을 얻어 아들 피터와 지브란의 어머니를 남기고 세상을 떠났다.

그녀는 다시 고국으로 돌아와 목축업자인 지브란의 아버지와 결혼을 하게 되어 두 아이 마리아나와 술타나를 낳은 다음 칼릴을 낳았다. 그녀의 어머니는 마로니트 교회의 사제

칼릴 지브란의 연인
메리 해스켈의 초상화(1908)

인 스테판 레미의 딸로서 예술에 대한 천부적인 재능을 지닌 풍부한 감성의 소유자였다. 그녀는 자녀들에게 음악과 미술, 아랍 어, 프랑스어를 가르쳤고 좀 더 커서는 가정교사를 들여 영어를 가르쳤다. 어머니의 예술적으로 풍부한 교육은 천재적인 자질을 타고난 칼릴에게 지대한 영향을 미쳤고 그는 그것에 대해 이렇게 쓰기도 했다.

"나는 어렸을 때부터 내가 '나'라고 부르는 전부를 여인에게 힘입었다. 여인은 내 눈의 창을 열어주었다. 어머니로서의 여인이 없었다면, 누이로서의 여인, 또한 친구로서의 여인이 없었다면, 나는 코를 골며 세계의 평온을 소란케 하는 자들가운데 잠들어 있었을 것이다."

지브란은 부유하고도 문화적인 분위기에서 어린 시절을 보낸 셈이었다. 그는 자기 조국인 레바논에 대해 이렇게 썼다.

"서구의 시인들은 에덴동산이 아담과 이브의 타락 이후 상실된 것과 마찬가지로, 레바논을 다윗과 솔로몬과 선지자들이 사라진 이래로 잊혀버린 하나의 전설상의 지역으로 생각한다. 서구의 시인들에게 레바논이란 어휘는 산허리가 신성한 삼나무 향내로 흠씬 젖어 있는 굽이굽이 산들과 결부된 하나의 시적 표현이 되었다. 그것은 구리로 된 사원과 준엄하게 서 있는 난공불락의 대리석, 계루에서 풀을 뜯고 있는 한 무리의 양 떼들을 그들에게 상기시킨다."

이러한 레바논의 종교적 분위기는 지브란의 선지적 신비주의와 자연관을 형성하는 데 많은 영향을 미치게 된다. 파괴된 사원들, 문명의 잔해들 속에 박혀 있는 옛 신들의 조각품들과 돌조각들은 지브란의 말세 이후의 폐허들을 바라보는 듯한 신비주의의 눈초리, 제행무상에 대한 관념, 일시적이고 덧없는 영화를 부정하고 불멸의 영혼을 섬기는 정신적 자세 등을 형성하게 했다고 한다. 이런 일화가 있다.

옛 로마 사원들의 잔해가 남아 있는 어느 폐허에서 젊은 지브란은 한 고독한 사람이 무너진 사원 기둥 위에 앉아 동쪽을 응시하고 있는 것을 보았다. 지브란은 한참을 바라보다가 용기를 내어 그 사람에게 지금 무엇을 하고 있느냐고 물었다.

"삶을 바라보고 있소." 그것이 대답이었다.

"오, 그것뿐입니까?" 지브란이 물었다.

"그것이면 충분하지 않은가요?"

그 사건은 지브란의 마음에 깊은 인상을 주었다. 과거의 잔해 속에 앉아 다가오는 미래를 바라보는 삶의 관찰자, 도시의 혼잡스러움과 타인들과의 충돌에서 빠져나와 홀로 새벽을 망보고 있는 이 관찰자는 바로 지브란의 시인에 대한 관념, 바로 그것이었다.

또한 레바논의 역사의 폐허 속에 앉아 다가올 정신의 미래에 예언을 기다리는 시인의 모습 — 그것은 바로 과거의 조국의 영광을 짐 지고 사상의 미래를 기다리는 지브란의 모습이 아니겠는가.

지브란이 열두 살이 되었을 때 그들 가족은 열여덟 살인 형 피터의 주장에 따라 미국으로 옮겨가서 보스턴에서 식료품 가게를 열었다. 그의 아버지는 사업상 레바논에 머물러 있었다. 보스턴에서 학교를 다니다 14세가 되었을 때 그는 아랍

칼릴 지브란 자화상(1911)

어 공부를 마치기 위해서 혼자 레바논으로 돌아갔다. 그리하
여 베이루트의 유명한 학교 알 키마프에 들어갔으며, 그곳에
서 아라비아의 철학자와 시인들의 작품을 5년 동안 공부하면
서 아버지와 함께 중동 지방을 여행했다. 5년 후 그는 그림을
그리러 그리스, 이탈리아, 스페인을 거쳐 파리로 갔다. 그 후
그는 터키의 지배 때문에 조국으로 돌아가지 않았다.

1908년엔 파리의 미술학교(Academy of Fine Arts)에서 미술
공부를 했는데 아마 그의 처녀 작품집인《눈물과 미소》는 그
당시 쓰이지 않았나 추정된다. 스물다섯 살이 되는 생일에 부
친 시와 그 무렵의 심경을 보여주는 작품들이 많이 들어 있기

때문이다.

그 뒤 미국으로 돌아간 지브란은 자신이 순례했던 나사렛, 베들레헴, 예루살렘, 트리폴리, 바알베크, 다마스쿠스, 팔미라 같은 옛 도시들의 여행에서 체험한 것에 대해 풍부한 사색을 하며 철학적으로 심오한 영향을 받았다고 한다. 그 후 그는 1931년 마흔여덟을 일기로 세상을 떠날 때까지 뉴욕의 한 아파트에서 독신으로 살면서 글을 쓰고 그림을 그렸다.

《예언자》는 미국으로 돌아와 쓴 책으로 영어로는 최초의 작품이다. 현대의 성서라는 평가를 받으며 널리 읽히고 있는 《예언자》는 아랍어로 쓴 최초의 소설 《부러진 날개》와 더불어 지브란의 2대 걸작으로 손꼽힌다.

지브란의 처녀 작품집인 《눈물과 미소》는 이러한 지브란의 동서양에 걸친 생애의 편력이 두드러지게 나타나는 책이다. 따라서 이 책은 지극히 동양적인 정신으로 서양적인 문화 충격에 맞선 하나의 젊은 영혼의 고백서라고 할 수 있다. 여기에는 선과 악, 부자와 빈자, 죽음과 삶, 압박자와 피압박자, 죄지은 자와 구원받은 자, 사랑이 없는 자와 사랑하는 자 같은 서양적 대립 개념들이 언제나 등장하고 있지만, 그것은 지브란이 혈통적으로 타고난 동양적인 영혼에 의해 조화를 이루고 통합을 지향한다.

어떻게 보면 우화처럼 교훈이 들어 있으며 어떻게 보면 젊은 이상주의자들이 흔히 빠지기 쉬운 감정적 철학이 넘쳐흐르기도 한다.

내 가슴의 슬픔을 저 많은 사람의 기쁨과 바꾸지 않으리라. 그리고 내 몸의 구석구석에서 흐르는 슬픔이 웃음으로 바뀌는 것이라면 그런 눈물 또한 흘리지 않으리라. 나는 나의 인생이 눈물과 미소를 갖기를 바라네. (…) 눈물은 나를 저 부서진 가슴의 사람들에게 묶어주고, 미소는 살아 있는 내 기쁨의 표적이 되기도 한다네. (…) 한 송이 꽃의 삶이란 그리움과 충족, 그리고 눈물과 미소. 바다의 물은 수증기가 되어 하늘로 올라가 함께 모여 구름이 된다네. (…) 구름의 생애란 작별과 만남, 그리고 눈물과 미소. 이처럼 영혼은 더욱더 위대한 영혼에서 분리되어 (…)

– 〈눈물과 미소〉 중에서

위에서 보듯 슬픔의 눈물은 우리 가슴을 정화하고 기쁨의 미소는 삶의 이해로써 우리 가슴을 따뜻하게 해준다. 따라서 눈물 역시 미소와 마찬가지로 인간에게 없어서는 안 될 긍정적인 요소이며, 슬픔 또한 기쁨과 마찬가지 가치를 지닌다. 인간의 영혼적인 굶주림(spiritual hunger)이야말로 삶의 목표이며 그 탐색은 그 자체가 만족일 뿐이다. 따라서 꿈을 실현한다는 것은 꿈을 잃는 것이며, 이 세상에 만족하는 사람들은 가장 불행한 사람들이다. 꿈에 차 있고 사랑의 비애를 알며 선한 영혼을 가지고 고뇌하는 자는 비록 이 세상에서는 슬픔에 찬 쓰디쓴 빵을 먹고 가장 낮은 곳에서 압박받더라도 그에게는 불멸의 행복이, 영혼의 지복이 기다리고 있는 것이다. 따라서 이러한 아시아적인 은유 속에서는 절망도 희망과 마찬가지로 긍정되며 눈물도 미소와 마찬가지로 긍정적인 가치가 될 수밖에 없다.

이런 사상은 〈아기 예수〉라는 글에서도 잘 나타난다.

내 인생은 비통한 고뇌의 이야기이지만 이제 환희로 물든 것이 되었습니다. 이제 나의 삶은 축복으로 변했습니다. 아기 예수의 두 팔이 내 심장을 감싸고 내 영혼을 껴안았기 때문입니다.

이러한 구절들에서 우리는 '고뇌의 환희주의'라고나 해야 할 강인한 정신을 만나게 된다. 그것은 기독교적 감내주의의 정신 같기도 하고 불교의 '사바 즉 극락이요, 중생 즉 부처'라는 역설의 정신을 풍기기도 한다.

우리가 삶을 전체로서 이해하기 위해 봄, 여름, 가을, 겨울이라는 사계절을 전부 받아들여야만 하듯이 슬픔 또한 기쁨과 마찬가지로, 절망 또한 희망과 마찬가지로 받아들여야만 한다는 것을 이 책은 역설하고 있다. 눈물과 미소는 분리될 수 없는 신의 선물이므로.

김승희

옮긴이 **김승희**

서강대학교 영어영문학과를 졸업한 뒤 동 대학원에서 국문학 박사 학위를
취득하고, 서강대학교 국어국문학과 교수로 재직하고 있으며,
1973년 경향신문 신춘문예에 시 〈그림 속의 물〉이 당선되었고,
1994년 동아일보에 단편소설 〈산타페로 가는 사람〉이 당선되었다.
시집으로 《왼손을 위한 협주곡》, 《달걀 속의 생》, 《어떻게 밖으로 나갈까》,
《빗자루를 타고 달리는 웃음》, 《냄비는 둥둥》 등이 있고,
창작집으로 《산타페로 가는 사람》 등이 있으며,
연구서로 《현대 시 텍스트 읽기》, 《이상 시 연구》 등이 있다.

눈물과 미소

지은이   칼릴 지브란
옮긴이   김승희
펴낸이   전병석 · 전준배
펴낸곳   (주)문예출판사
신고일   2004. 2. 12.   제 312-2004-000005호
        (1966. 12. 2. 제 1-134호)
주 소   서울특별시 마포구 월드컵북로 6길 30
전 화   393-5681   팩 스   393-5685
이메일   info@moonye.com
블로그   blog.naver.com/imoonye

제1판 1쇄 펴낸날 1985년 10월 15일
제2판 1쇄 펴낸날 2014년 3월 30일

ISBN 978-89-310-0770-1 03840

이 도서의 국립중앙도서관 출판시도서목록(CIP)은 서지정보유통지원시스템
홈페이지(http://seoji.nl.go.kr)와 국가자료공동목록시스템(http://www.nl.go.kr/kolisnet)
에서 이용하실 수 있습니다.(CIP제어번호 : CIP2014008132)